七夕

四十九行情诗

龚璇 李云 主编

上海文艺出版社

目　录

contents

辑二　所爱

辑三　他说，她说

辑四　七夕：四十九行情诗

辑五　人海里有牛郎织女

序：让我们一起用真情唱响爱情

李　云

对于每个个体的人而言，爱情与生命、欢乐、苦难一样是相伴而生的，你无法拒绝，也容不得你拒绝，就如地球的万物拒绝不了四季的更替，就如河床拒绝不了汛水和枯期，海水的涨潮和落潮一样，这就是自然和生命的演变和成长的规律。

爱情关系着情感交集，关系着两性相悦，关系着欢乐、激动和兴奋，关系着生与死、灵与肉的相互赠予，关系着家族、种族的繁衍和延续，也关系着戏剧、传说和诗歌，以及各种文艺的创作内容。爱情是文学永恒的母题。

从《诗经》的“关关雎鸠，在河之洲”延续至今，古往今来的诗人，写下多少爱情的诗篇，成就了多少诗人的声誉。在这些诗里，有缠绵的，有刻骨铭心的，有如泣如诉的，有山盟海誓的，有为失去爱情而悲伤的，有苦恋的绝唱，有相思的倾诉。于是有了“泥水相揉”的意境，有了蝴蝶双飞的意境，有了“梁兄请了——”，有了罗密欧与朱丽叶，也有了牛郎与织女，有了“七夕之夜”的银河相会……

从2013年开始，我们《诗歌月刊》选择与太仓市科教新城、太仓市文联、作协联袂举办“太仓七夕杯”全国爱情诗大赛，迄今已成功地举办了五届，每届征文甫一发出，就接到全国各地的诗人和诗歌爱好者的几千首爱情诗的投稿，在那些情真意切的诗行里，每每读来让人感动和激动，怦然心动。至今，据不完全统计，大赛共收到诗歌两万余首，三千多位诗人来稿。有200多人获奖。目前。“太仓七夕杯”全国爱情诗大赛业已成为全国诗刊大赛的品牌活动。回顾初始，我们选择太仓，首先，我们是选择了中国爱情传说的发祥地，太仓黎明村是千年传说牛郎与织女的爱情之地。选择太仓，我们认为，我们找准了中国爱情叙事的根源和本体；其次，是和太仓历史人文、悠久的气息有关，徜徉在太仓的河道，在欸乃之声的桨声里，看到从古石拱桥上飘下的昆曲，以及小楼木格窗里飞出的越调，以及站在海上丝绸之路的古码头，看浪起浪落，鸥翔鸟飞。或者，在古镇沙溪江南民间现代诗歌馆里读早年《新青年》泛黄的册页，到昨日刚发行的各种诗刊，诗歌种子该在这方温润的土地生根萌芽。

因为这里是有梅雨的地方，这里的人们是慈悲为怀的人们，是心存博爱的人们。选择太仓，还因为这里有一群热爱诗歌的写作者，太仓诗人群的文本意识、精品意识均很强，更主要的是他们对诗歌建设有着强烈的服务意识和奉献精神。当然，也是太仓市各级领导一以贯之的重视和支持。在此，我拱手相谢啦！感谢他们执著、垂青、援手诗歌建设。

爱情诗是诗歌创作中的一个类型。应该说，诗人们大都是从写爱情诗开始走向诗坛的，这是不容否认的事实。我们的当下诗歌现场已进入所谓的“向内写”和“反抒情”时期，不少诗人对再写爱情诗持不屑一顾的态度，我却不这样认为，好诗一定要有真情实感的诗性表达，好诗要有它的可传播性。如果把诗写得太先锋、太“藏”，如果诗创作的根本是建立在炫技和虚情假意的基础上，如果诗写得太拗口，不易传播，我想，这诗肯定不是好诗，或者是劣质诗。我们五届爱情诗大赛获奖的诗，应该说是千里挑一评选出来的，评选的评委均为当下主要诗刊编辑和学院的著名教授以及著名诗人。比如谢冕、李少君、孙晓娅、胡弦、简明、陆健、谷禾、郑小琼……他们的诗歌创作实践和诗歌理论素养，以及他们持有的知识分子公平、公正的底线原则，决定了他们评选出来的作品是精品，是佳作。

纵览入选到本书中的诗歌，呈现共性特点是对爱情主题深度与广度的挖掘，有其多样性的诗性表达，有不少诗作在中西古典爱情传说、史记、戏剧等中汲取营养，注入现代美学和诗学观念，进行淋漓尽致敞开和揭示，以及放大与缩小的开放和归隐的呈现。更有大多诗人在诗歌文本中注重体现对当下人们情感世界的真实剖析和诗意的抒情。我们的社会是处在快速转型时期，我们的爱情现状和现场情况显然是比任何时期、任何时代更复杂、更多元、更尖锐、更不可知、更隐蔽，我们诗人们以诗人的敏感和个体的介入，再现和提炼其当下爱情对个体人的存在价值，以及为维护爱情人们的求索和跋涉。这些诗歌作品在鼓舞人们追求真爱、歌颂真爱上有了渲染、浸入、鼓励的教化作用，也因为其文本的唯美性和可吟咏性，使之有了多渠道传播的可能。

开卷有益。这是本歌颂爱情的诗集，这是一群心中充满爱的诗人们真情吟唱爱情的书，让我们一起用真情唱响我们的爱情，没有爱情，我们就没有生存下去的根本理由。

是为序！

2019 年 5 月 20 日

辑一　七夕夜，玻璃心

张建新

七夕夜，玻璃心

夜晚降临时我们就长出一颗
玻璃的心，星光将蒙尘的事物
解救出来，送到我们眼前

有跌落，有伤感，有新鲜的
心跳，尘世的灯火渐淡至虚无
微风拂过，将此刻时光凝固

沉默的事物在悄悄结果，河流
宛若初见时的安宁，我潦草的
生活里新鲜而秘密的秩序正在生长

感谢你用柔弱而坚定的手送我
一个湖泊，帮我洗净满身浮尘，
给每一棵枯草以青涩之美

天真是固执的草叶，是爱
和美永不衰败的故乡，我们
依偎，像一张纸抱紧另一张纸

隔开命运的风雨,用彼此的孤独
和坚守写下灵魂的依附,琴音
回荡,离得再远,也能听到

那玻璃之心弹奏的蓝色眷恋……

张　维

空　地

——祭卿

山下完全看不清
我们曾去过的那片空地
几块石头
其中一块平坦如床
我们到达时
阳光在岩石上激动地燃烧

那一年
从书台公园坍塌的院门
发现一条小路
一尺厚的黄叶封住了时光
大约一公里
我们闯进这片奇迹般的空地
树林围合四周
几块安静的石头
好像时钟还没有滴出声响
樵夫的歌声还在枝头摇晃
无名的隐士仍在信步
新鲜的爱情盛开在空地的水晶里

后来院子修好了
我们再也没有去过
再后来你生了病
带着秘密悄悄离开了这个世界
世界一如既往
没有人注意你的空缺
只有我知道
那片空地还在
记忆还在岩石上燃烧
当风吹来
树林也会心潮起伏
如果我也从世上消逝
卿不要紧
那片空地
我们的激动和呼吸
还会在这首诗里继续旅行
短暂的爱情
也能到达永恒的身边

王　妃

我要的美(外一首)

没有一个词能准确替人说出隐匿的
秘密。天这样黑

我穿过大雨。车灯照不见万物
——它只照亮我
而你在路的前方

天这样黑。我要的美,
黑夜给不了,雨水也给不了
这世上的一切徒有空濛的影子
在赴会之前晃动

让黑夜和雨水继续。
当湿淋淋的我,撑起雨伞
迎向同样湿淋淋的你
火焰在燃烧。

身体里的花园

想和一只水鸟谈谈心

命中注定:我必须淌过这四月的雨水
才能遇见你。
是什么怀抱着巨石投进深塘?
你的注视,让我有些慌张
水波晃动,我俩的影子都湿漉漉的……

不远处的坟头花开得多像乳白色的皇冠
你嗅到的暗香,有些氤氲
酷似旧王妃遗下的味道
和我喜欢的一样

好吧,我承认:即使被草绳绑成最艺术的花样
一个有裂痕的瓷器,终究是不完美的瓷器
你小小的肉身蓄满自由,轻盈一跃
我庞大的躯壳就啪啪裂成碎片

在碎裂之前,能不能再给我三秒?
一秒拆解草绳
一秒跳入水中
最后一秒贴着你
变成另一只白瓷般的水鸟

唐　力

身体里的花园

1

身体的花园月色黄昏，暗香浮动
一管细细的箫声是你的睡眠

疏枝横斜，一朵花深入春天的腹部
深入一滴，心灵的持久之露

身体里花园微微开启门扉
吐露午夜潮湿的梦境

小径上悬浮的琴声，雨后的弹拨
把你带入往日的歌谣

谁触动了身体里哑默的血，突然喧响
惊醒的力量在梦中飞翔

首先是爱，然后是美，欢悦和忧伤
身体的花园是你全部的秘密

在花朵和花朵中间，是蝴蝶在飞
是距离在积聚更深的期待

2

身体里的花园在春光中醒来，把美留住
这一刻，请你做一个幸福的园丁

让风吹起，让你的身体
充满无限的馨香

这一刻，在隐秘的爱中耽搁一瞬
你将会看着幸福的一生

旧日的流星河，花瓣雨飘落
谁穿着一袭歌声，在午夜里灿烂

这一刻，你要做一个幸福的人
夜里，请把你的欢乐告诉陌生人

明月将要刻下不朽的诺言
一把雨夜的琴，取出全部的声音

这一刻，你要把你的梦拆散
分给那些路灯下徘徊的，不眠的人

3

明月的楼阁,高于丛林,雾气,星辰
像迷梦中的海市蜃楼

身体里的花园在秘密中敞开
洁白的蝴蝶,在空气中绣满图案

从一个心灵到另一个心灵
中间的距离,是不是寂静的闪电

身体里的花园熠熠闪烁,像
一个放纵光华的,额角的灯

连绵的闪耀,是谁的脸庞
高过了我们的仰望和青草的火焰

身体里的花园,被爱支撑,在高处
要用无限的热情去浇灌

要小心的呵护,他一旦坠毁
你要承接生命里全部的悲怆和伤害

4

身体里的花园潜藏,只有自己才能

洞悉它内在的结构和组织

一朵微笑是羞红的玫瑰
一个挥动的手势，是清新的水仙

一个轻嗔是含苞欲诉的樱桃
一个侧风伴影的身姿是独语的幽兰

身体里的花园在星光中睁开
惺忪的睡眼，他将复活你

全部的爱和惊喜，身体外的人
将离你并不遥远

即使一切都已静息，那芬芳的
香气，也将打开翅膀飞翔——

抬着身体在思念的氛围里
在沉重的露水中，不舍昼夜

雪　姣

葡萄引(组诗)

葡萄引

她有多汁的眼神和缱绻
等待

秋水顾盼,用一生换取一份爱
但他必须内心柔软
十指干净

梨花令

彻骨的白。你无法拒绝时光
的安抚,那些往事已生出花蕾
旧年的锋芒次第绽开
游人各怀秘密

鱼贯而去,无人发现你别样的
缱绻。物是人非
与春天和流水对视
一个人会渐渐暗淡下来

你已错过万顷桃花,能否
守住这一枝梨花的安静

毒　药

我知道,没有解药
从服下你的那一刻
就知道
这必然是一场心悦诚服的献身

不是饮鸩止渴
误入歧途
不是英雄末路
断剑自刎
爱一个人,或一件事物
不是水,也不是火
而是水火攻心

也许,这世界
让人感伤的东西太多

尽管不明白
爱过恨过又将如何

相　遇

那个夏天,我们不期而遇
像两只聒噪而碧绿的蝉

掏出语言,掏出灵魂
掏出爱,连身体也掏出
只留下一具空壳

梁书正

爱着的人是幸福的(组诗)

爱着的人是幸福的

粗糙的谷粒倒进粮仓。日子饱满
俯身之人。总能捧到水源

炊烟又准时升起。一日三次
你点着旱烟。看青瓦上的爱情。安宁而坦然

就喝两杯吧。红到脖子根上。她斟酒
两个大奶子在你的中年里晃

对　面

“天凉了,添件毛衣”
“累了吧,先喝杯水”

每次回家。他总是这样叮嘱自己

风有点大。他拉了拉被子
对面山坡上的人。她是醒着的。他知道

亲爱的人

我爱你。亲爱的人。我将拉住缰绳
推开你的木门。亲爱的人，我穷尽一生的赞美
泉水和月亮，随我而来。火在慢慢燃烧
温情的目光在我们之间升腾，明亮而真诚
亲爱的人，卸下我穷尽一生的流浪，风尘仆仆的
名字。我将开始仰望，所有植物，所有寂静的存在

情书中的你

拆开信封，我看见了
情书中的你
在花海中、在轻微的闪电中
甜蜜而幸福地吸食着
这慢性的毒
这毒、可以点灯、可以燃烧
也可以

使山河晃动、星辰盘旋
你深情地抚摸着每一个方块字
像抚摸
他的高颧骨、浓眉毛
和白云般洁净温暖的手掌
千里之外啊
就这么
这么短短的几页青春
让你颤抖，让你含盐、缺钙
几乎快生出了白发

有了爱情的你

电话里，仿佛有了你的家乡
你的地图，你沿着
那些开花的小路
一秒一秒走来，有时候
到了大半夜
还不舍得挂断
这条春天的线索
你笑啊你哭啊，你娇嗔地
要他给你搬来青山、驮来月亮
让你，在爱情的广场奔跑
这样的时光多好啊
青春的你有了爱情

便有了词语的丰收
有了灵魂的宗教

宇　轩

木瓜颂

1

天阴。继而雨来——
在田埂上拾得一把黄菊花，你说它美，如我送你的小发夹

在途中还遇见一条细长的水蛇，几只暮雁，三三两两无辜的行人
那时我也是无辜地
被焦枯的落叶推送在行刑的路上

那时我多想舍掉身外，守你身旁
看你生火做饭，帮你择菜淘米
为你抹去辛辣的油烟呛出的挂在你脸上的两行泪水

2

热烈、饱满，它所能形容的绝非今日之寒凉与贫血——
母亲的眩晕病又犯了
土耳其地震。非洲的黑小孩死于藏在胃中的蛮荒与无望

的憧憬

想一想，粮食和药品，氟桂利嗪和弥散香气的甜木瓜

到底谁才是安慰，谁才是风景

此时，我对着昨日长空仰望许久，对着我们走过的街头，雨夜

对着我们耕作过的良田和情分，于闪耀着光芒的针尖上良思许久

一叶知秋啊，除了爱，你一贫如洗，我也是

3

竹架上的丝瓜已经老到可以做成洗碗的瓢布。积在瓦脊上的落叶

被风一吹，如尘埃路遇我们肩头——

今天周日，昨日周六，阴历和阳历每一天都在并行直趋

我们携着手——

在离家几十公里的集贸市场，你为我买了棉衫，习字用的宣纸

为儿女们买了棉帽和手套，为老母亲买了布鞋与护膝——

这些年来，我乐于在你的指掌中成就因果

冬日漫漫，它不能覆去你我

4

“我只觉世上但有一句话，一件事，是关于她的，便皆成为

好……”

这是一本书中第七十八页开端的一席话，胡兰成写予张爱玲的

我读给你听时，你正守着熟睡的儿子做着刺绣，并示意我轻声小语

窗下冷夜，该有多少平白的身世寄隅悲凉

灯光浅白，不及我们在浮萍的人世中彼此护照

是谁说过——

“幸福可耻，不会放过你我”

顾利琴

相信爱情

丢掉工作、丢掉车子、丢掉房子
丢掉时尚、丢掉购买的欲望、丢随手的东西
丢掉人群、丢掉青春和随行的刑枷
前方就在不远的地方
毫无目的地漫游
怀揣精挑细选之词语
醒来时迅速地抓住
在另一个地方飞奔的我
保持我的黑发
我的红润的肤色
洁净的声音
柔弱的呼吸
那涂红指甲、蓝指甲
那吸卷烟
那飞驰而过的
那俯首悲泣的
都不是我
每走一步都是趋向你
像一个信仰
扑向原点

是生的里面早已含着
一声一声轻唤的爱

龙向枚

以云朵的方式爱你

大雪纷飞
我一个人在远方

并没有人爱我
这句话是我跟一个雪人说的

我取下围巾帽子
给它戴上

抱抱。我说
我看到它微微一笑

我爱你一生
如果消融
我以云朵的方式爱你

黄静芬

爱着爱情(外三首)

多年来
我依然爱着爱情
像爱着自己的呼吸

像爱着自己的脆弱
内心里的一颗晶莹泪滴
像爱着自己的欢颜
时光中的一份日子必须

像爱着自己的勇气
那对于我是一种稀缺物质
像爱着自己的舍弃
那贴近我是一朵花的甜蜜

多年来
我依然爱着爱情
像爱着自己的秘密

或长久或短暂
像爱着郁郁寡欢的理智

或光明或黑暗
像爱着井井有条的空虚

像雏鸡爱着老鹰
像老鼠爱着猫咪
像香烟爱着火柴
像海岸爱着潮汐

多年来
我依然爱着爱情
像爱着自己的真实

对你的思念

对你的思念
是一句话的温暖
覆盖清凉躯体
使体温上升

使心灵敏锐并美好
如繁盛鲜花绽放
每一朵红里
蓄满水的柔软

丰沛的水

澄碧的水
安稳的水
自由的水

携带纯洁的甜
散发纵情的香
无孔不入渗透我
无坚不摧侵占我

对你的思念
是一句话的旖旎
爱一次
等于一千年

我心底的暗

只有你能够看见
我心底的暗
无光可驱散

只有你愿意进入
我心底的暗
像矿工进入矿

在黑里摸索

缓慢掘进
沿深深深深的巷

沿古生代的石炭纪和二叠纪
沿中生代的侏罗纪和白垩纪
沿新生代的第三纪

一步一步
抵达褶皱和断裂
抵达裸子植物的腐烂

只要你愿意进入
我心底的暗
像聚光进入盲

你便能够看见
我心底的暗
是黑金的炭

乱　里

乱里
种下一朵粗放的笑
祈望经风历雨后
仍有清澈质地

仍有天真快意
哪怕细微如丝
哪怕稍纵即逝
哪怕草草了事

每一次辗转
每一次慰藉
每一次弃绝
每一次败局

乱的乱里
我不说与你一起熬孤寂
我不说与你一起盼苍郁
我不说与你一起守私密

我只想做个小小童稚
一根棒棒糖就能甜蜜
一串肥皂泡就能虚拟
一本童话书就能安逸

然后
静看日光渐渐冷
淡看水色慢慢深
细看我心寸寸硬

杨献平

江边十四行(三首)

月亮是这个世界的良心

小安,月亮是这个世界的良心
在黑夜寻找灵魂。照见午夜了还在江边的我们
接近成熟的花朵这时候没有香味
远处的灯火,是梦境中床榻和繁星
今夜我们在江边偎坐
沙滩中有金子和贝壳
脚印和车辙。我们在这里与圆月一起升沉
与咸涩的风一起呼吸到远海的旗语与笛号
我总是对你说:月亮是这个世界的良心
你是我最贴切的那颗灵魂
当黑夜越来越深,越来越高的月亮
在头顶,将为这一夜的我们镀金
为这一夜安详的世界
而眉目含笑,像你一样把命运放在浪花上奔跑

对着江水给小安讲故事

小安，等月亮出来
江水就是黑的了。我们可以在上面躺下说话
可以坐着，看月亮是怎样爬进眼睛
怎样把你照亮。那时候，我要给你讲个故事
美人鱼总会在月亮的晚上出来唱歌
化作你的样子，在我手心跳舞
她的歌声是天上来的
身姿是人间的。她是我内心的一抹亮光
灵魂的影像。我们都爱美
爱梦想，爱把月光穿透的礁石和水滴
放在这世界的额头上
睫毛里，像你今晚一样安静
等江面变成金黄色
我会抱住美人鱼，在你的唇上自由地亲上一口

和小安一起眺望波涛

起风了，江面上崎岖不平
海灵们关门睡觉。大批的鱼翻转身子
大批的海豚发出惊叫

鲸鱼和白鲨打鼾,海龟追着龙虾奔跑
他们都在寻找自己的巢穴
被梦境的督促
被远处大海上的飓风推到黎明
明月开始消退,岸上风吹树摇
花朵们原地溃逃
灯火还在挣扎。我想和你一起乘风远航
在波涛中把生命抛得更高
而你只想:我们由此站立到命运的尽头
由此我们就像一个人,生命如此美好
天下相爱的人,谁也没有理由不用心紧紧拥抱

夏　子

七夕望月

你
裹一身洁白
洒满人间一片晶莹

你
献出一生珍爱
倾诉着相思已久
如水的柔情

你
圆圆的时候
是一轮纯洁的透明
即使有缺
你也像玉美人
那娇羞迷人的眼睛

是你
给恋人带来了柔情蜜意
是你给迷路的人照亮航程
是你为游子增添了思乡的情怀

也是你
为诗人送来了对秋天的灵性

你
如少女纯洁而美丽

你
又似热恋中的情人
浪漫而多情

你是人生的一个缘
你是生命的一盏灯

罗佑欧

四　月

像珍藏秘密一样，我记住了它们：
雪，糖果，竹笛，裙子，白色雏菊和松软草地……
你多喜爱的一切，还有这个四月，大地开出花朵和春天。
坐在你身旁，多少话语升至嘴边又坠入沉默，
可我能呼吸到你衣裳、发间散溢的细微芬芳，
能觉察湖边每阵晚风抚过皮肤的湿润和清凉。
哦，你的眼睛是漩涡，你身上凝聚着令我眩晕的光；
在注视、靠近你时，我全然消融于你——
唇舌相吻的瞬间，你我心跳急促、血液沸腾，
整个世界在四周颤动。

孙　蕙

七夕，爱开始生长（外二首）

这个日子，爱者，被爱者
逝去的，迷惑过的事物
都在以光的速度醒来

暗夜中，瓜果向上的姿势令你惊讶
舞起的风更是将你团团围住
像一朵石榴，或者一尾鱼
上升到你的手臂。爱哦
它说，一生、一小时
有何区别？

比如牛郎，比如织女
他们一步步走近，用火热的情
跪拜、赞美：一小时抵一生
荒芜的不再荒芜
丰盈的更加丰盈

哦，七夕
黑色羽毛铺成的幸福
在旷野上肆意地伸展着

那看不见的境界
令你的爱开始生长
即使消失了,也在彼此的手中

从明天起做个幸福的人

我无比热爱着这一天
玫瑰为我洗去尘土和孤独
巧克力为我送来浪漫和温馨
大地深处的美好气息
闪电般在我的指尖游走

一朵二朵三朵
粉色红色白色
还有昨夜的一场雪花
我为自己铺下干草
等你啊我的情人共同举起酒杯

这时辰我已期待太久
是那一群深深浅浅的星星
是那一阵微言细语的轻风
心醉的屋子却是最深的伤口
你走你去都无从抵达

魂断蓝桥的布景中

我们坐在风灯上
把夜雾烹煮成一盏茶
饮不饮触目都是心光

是谁说梦幻不易把握
有梦幻把握我
那么,就从明天起
掐一朵花瓣儿给你写信
然后再如海子所说
做一个幸福的人
面朝大海,春暖花开

我拾到情人节的花

今天
所有的花儿都怒放
它们比任何人清醒

一杯水的快乐
在微笑的扉页里
只需轻轻滑动
世界便热情似火

可以想象
忧伤早已隐遁

能够靠近情人嘴唇的
除了蜜,还有洁净

雨夜,拾到一朵枯花
或许是别人无意中丢失
却能令坚硬的容器
柔软如蒲

哦,轻些,再轻些
我要把昨天的你
带回家

师　飞

阿妮亚

阿妮亚　不长的时间　你已记不得从前　风一样
静听重逢的喜悦和最近的　离你很远的
争吵　沉默　孤独　笔墨和没有词语的修辞
什么都不能确定　除了
十一月我降生　伴随蛇的冷漠和怀疑

阿妮亚　我曾见过你　在想不起的从前
你是长头发　你是红色长衫　倔强的唇和眸子
阿妮亚你知道吗　类似于北方的九月我们相逢在草原上
马鞍上你搂我的腰　天　茫茫

多想看着你　可是不能　只能说我自己
凝望紫云英　黏稠的黄昏借给我蜜
所有的甜也只这般　所有的伤我却找不回来
是不是　全部　如宁静的月光　留在你夜夜的梦里
阿妮亚　我不能拥有的还有什么　除了你
我什么都不想拥有　天下的容颜都在这里　只少美丽

阿妮亚　你是谁　是不是梦里你就能喘息
唤我们之间的距离　如唤连我自己都忘记的乳名

阿妮亚　时间不能抚慰你　可我依旧要说
这是秋天的深处　凌晨五点钟　我琢磨不到
你究竟是谁

钱进才

我的画笔，依然能够勾勒出那晚明亮的月光

我的画笔，舔不开一朵淡淡思念
却依稀能够记起你孤独的背影
依然能够勾勒出那晚明亮的月光
河水清凉，月儿也一样的清凉
岸边的杨柳树有点落寞
在瑟瑟秋风里落尽最后一片叶子

夜空下的一切，显得如此疏朗
心情却似枯瘦的野草般芜杂
红衫绿裳，青春消失在无助凝望里

河水依旧，月光依旧
你还在等待吗？秋风吹起微澜
是刻在我心上细细的皱纹

别看对岸，只想对水底的月诉说
点点墨痕，洇出一张世俗的网
你我都是水底的鱼，无力挣脱

辑二 所 爱

闫文盛

所　爱(组诗)

清风过耳

风并非即兴抖动,在这个迟滞的正午
她很轻柔。我坐在宅院凉亭的一角
可以看到渐去渐远的爱情,有时在这里
我还会看到雨水,密密的丝线
隐约之琴音。我定会坐在这里,老死
如一只蝉蜕,现在我低头想我为什么会坐在这里
寂静如内心的潮水。这么多年过去
我才离你略近了几寸,可我还想离你再近一些
春天了,我们都在减衣服,一件一件
万里关山,岁月凋残,这弥漫八千里的清风
可以洗劫一切浓云,薄雾。这么多年
每逢暗夜,我都在想你过生活的样子
可我想不出来,只有自然万物与我们相守
只有风中独坐近于永恒。我有时想
彻底放松,将自己置于这片荒草间沉浮

我用泥巴自筑弹丸之城
这纵横捭阖的城，既是我们的日出又是日暮
这么多年，我们只能静静地活着，静静地等和忍

所　爱

我一定爱过你，情欲来时动人的一瞬
你动人的眼眸。青春沦落。我们变成灰白，泥土
这日日的生多么沉重，天如此之低
压迫人的神经，我一定爱过你
少女招摇的背影，黑色浓密的头发
在烈日炎炎的夏日，我一定爱过
岁月蹉跎。这茫茫的旧日，雨水连绵不绝
我站着，走着，一人独行，孤寂如巨石
可我毕竟爱过，想过，我们来日无多
厮守是所有的过错，在那遥远的异国
我的爱加倍成长，发酵，变成不可知的物
不可知的，江山，帝王。你一定知道
爱被风窥破。你在他乡跋涉。我们一定爱过
可彼此隔世，怅望，如成群的飞鸟四散
我只能看见，遗忘，想象我的爱加倍增长

木栅栏

请赐给我光:积极的,入世的,白光,刺眼
我们的一生也可以快如闪电
每一年,我都周期性地反复,诅咒自我的麻木
可是为什么我还继续存活
在尘土飞扬的路上,相遇此生的爱人
然后任分别的利箭插入内脏,撕心裂肺的疼痛
带我们远走,看无边际的流水和天空
在山之南,那最深广的蓝让我陷入绝望
如果能重新找到至爱的人,我多该与她相伴流浪
在荒芜的野外,耕织为生,窗口对着瀑布
夜夜都有簸箕大的星斗,它盘旋着入梦
我们的篱笆墙边,野花一天天开败
野兽诞下幼崽,我们友好如亲朋
你一定得学会隐身,在茫茫的雾中我们低如尘埃
木栅栏的前后左右湿气密布,看吧,那些鬼魂
好奇心至今不泯,他们蹲在角落里
总在伺机啃你的骨头

黑夜史

黑夜亮光浮动，远山绿兽葱茏
我们绕过这未名者的湖，做个牧羊人
你一定渴望被爱，沐浴欢乐之圣境
但近夜毫无悲哀，只是疲困，如水流不竭
那赤裸的身体已然老去，白发覆面
如果是从前，还可以强睁双眼
但是不必了，黑夜已至，风声如雷
这么高的山，黑漆漆一团，烟幕弹散了
如此浓重的花开，衬托着新面容和恐怖
像鬼影子入梦，无边际的世事迷途
我多么想忘却，重新开启，回归和四顾
找寻爱情和密语，但是不必了
我不闻人声，不思饮酒。那曾经吻过的糖人儿
也已鼾睡；我想给她做一只钻石灯
她以旋转之姿打破灰色朦胧
她是流逝，岁月之节奏
我追赶不上她的步伐，那凹凸不平的别离
永在的破碎，我不必重新悲哀

写作史

岁月层次，你在小心翼翼地组词
间或有咯血之痛，可整个世界云雾葱茏
我引领你到天地真空，那些劳作者
都放下了书本，他们已经通晓秘密的生
除了写，尘世已无斑点，在含混的絮语中
请放弃你的自尊，仔细身体下沉
如果有更多的信任，我愿做接应你的水手
在醉人的香中我们浮游如蚍蜉
诗歌道不出那亘古之荒芜，或许绿叶可以
疲惫了，不妨托身于大树。古木逍遥
我们都一味起早，在空白的纸张上奔跑
平淡而无扰攘，只有内在的高潮
像解除了束缚的囚徒：他终于可以不必
回去，你终于撕开了你的肺腑，但无法
用针线缝合，通灵的神也未能弥补
只有反复的疼带来隐私和救赎
往事深沉，如同恋爱之孤独后
我留给你十行诗，十本书
但杂草般的命运来了：“你的发还缠在
我刀上，你心始终是我们的风烟角。”
这偶尔的道路如泪水涌现：我通常
在凌晨失眠，聚集自己的爱欲与诗情

而日子一天比一天走远，如果我不写诗
也同样可以化为浩大的草木
如果我只写出了灰烬，泯灭和微缩的旷野
月色晦明，我定会看见树梢和飞萤
这困扰我的记忆将变成终生的流水
请借一把锄头，埋葬我们的忠贞吧
这黑天的诗篇，是悖逆，动荡，深渊之光年

哑者无言

相同的韵母(组诗)

知　己

借太仓胜昔村一用
借胜昔村古老的石桥——黄姑塘桥一用
借桥东织女庙乞巧节繁华的场面一用
借南宋龚明之《吴中纪闻》和范成大的《吴郡志》一用
用以还原,牛郎织女在窄窄的桥面
在桥下流水的叮咚中,演绎爱的咏叹

不知当年的织女是否用凤仙花
侵染过自己的指甲,以求吉祥如意?
是否用槿树叶汁清洗过自己的秀发
以求年轻貌美?
不知当年的牛郎是否买过玫瑰
捧给自己心尖上的那个人?

他们一定没有,一定没有

在古老的乡土田园，迎接晨曦和送走夕阳的
是日子中的简单和朴素
男耕女织，相守相望，相扶相携
就是知音，就是那时候的爱情
最好的注脚

知　音

时空反转。银河和鹊桥成为美丽遥远的神话
爱情开始褪去了内敛、含蓄的长衫
喧嚣和霓虹已成为人间茂密的森林
如果守不住内心的真，爱情奔放、自由、自我的短装
是否有流行的意义？

月老依然殷勤牵引着红线
缘来，依旧是一个人在茫茫人海中用眼神
读出另一个人内心暗语的一见钟情
四海升平，朗朗乾坤
此时内心的火焰，无需低调地燃烧

金银器叮当的声音忽远忽近
试图遮蔽远眺的眼眸
"志同道合"，"相知相爱"这些词
太不前卫和时尚了，但它们却是一对恋人
前行路上最牢靠的前缀

痴　情

要多少情话，才能将爱的宠溺
上升为海誓山盟？
要多少亲昵，才能把情的表达
演绎到地老天荒？

爱情，一旦认定
就是飞蛾投火的专注和唯一

爱你。爱你发际拂过的春风
爱你额头种植的玫瑰
爱你鼻尖豢养的淘气
爱你唇间噙着的烈酒

爱你。爱你胸前的罂粟
爱你体内的游鱼
爱你脚下腾起的灰烬
爱你走后留下的虚空……

挚　爱

当一段爱情成为婚姻，当婚姻
成为安静下来的大海
你会不会怀念曾经热闹的沙滩
那一对对说着情话的脚印？
你会不会渴望曾经涌动的海水
那一层层含着甜蜜的耳语？

时光是这样流淌的——
它总是越来越快，越来越坚硬
生活表层的东西被它一点点带走了
只剩下一块坚硬的核
婚姻里的时光，走到最后
只剩下血脉、伴侣和两个人的结石

——浓烈而不分彼此

至　亲

两个人各怀血脉，在某个路口相遇
要经历多少磨合、谦让、宽怀

才能将一段未知的时光变成共同的回忆？

两个人手牵手，肩并肩
要走过多少路
才能把前世的约定一点点走完？

两个人白发苍茫，皮肤松弛
需要承接多少风霜雨雪
才能将前行路上的坎坷一一融化？

两个人。也只有这样两个人
可以共同走过艰辛、荣耀、风雨和彩虹
最后，走进同一块墓碑

高山松

用一座太仓替你还债(组诗)

用一座太仓替你还债

如果可以
请允许我用一座太仓替你还债
无论你筑多么高的债台
我都是债台上的一棵松树
我把一些松针扎成马尾的形状
盘在你的头上
另一些环绕你的臂弯,做出迎客的姿态
我还要把你派遣的形容词和副词
都招到麾下,缠绕成一粒小麦
一粒玉米和一粒黄豆
难道太仓的老鼠就是你的债主
它怎么会有如此锋利的牙齿
一口把织女庙的传说咬掉了一半
把一轮圆月咬成一把镰刀
收割从太仓里

用一座太仓偿还信赖

偿还信赖,用一座太仓显然不够
再加上一轮弯月
再加上织女庙的传说
都可以赶上落叶的速度了
怎么还不能抵达心灵的家园呢
你要用怎样的耐心才能说服一头狼
允许一只小羊同饮溪水
多做欲望的减法真的很有必要吗
把太仓的粮食压缩到一滴水中
把织女的传说压缩到一滴眼泪中
你就真的能够读懂
大蒜被一瓣一瓣分开的孤寂

在太仓岂能错过七夕

我已经忘了
一朵桂花是怎样坐上七夕的枝头
星星没有点灯
月亮也羞于启齿

把一轮弯月支在太仓的屋檐多么奢侈
把一个传说供在织女庙里多么神圣
一个节日不会就此老去
那支红杏也不会无缘出墙
牧童的柳笛已经在白云之上吹响
我在太仓又岂能错过七夕
坐等华灯初上
坐等打马南去的人
把心中的风铃吹成狼烟的号角
我才能走进厨房
把未了的一段孽缘水煮
然后油炸

太仓和织女是前世的兄妹

过往的风声告诉我
在前世我叫太仓你叫织女
我们是一对兄妹
火棘果可以为我们作证
火棘果里隐藏的浮光掠影
早已被岁月的表皮盖住
而这一粒粒算盘珠子
又怎能算清我们前世今生的孽缘
鹊桥上的回眸多么多余
把前世的月光叠加在牛背上

也无法用来化解
鹊桥上越来越苍茫的夜色

太仓的月光被一个节日拉长

当太仓的月光被一个节日拉长
我看见两只蝴蝶从庄周的梦里飞出
把秋天追得无路可逃
把一片落叶追成一枚书签
山风和鸟鸣
是织女用太仓养大的两个孩子
一个追赶太阳一个追赶月亮
追赶太阳的变成了后羿
追赶月亮的只带回一把斧子
我怎么也想象不出
后羿的神箭怎么会变成丘比特之箭
而带回斧子的吴刚
怎么会砍不倒一棵桂树
原来那两只蝴蝶
始终没有穿过昨夜的黑暗
被搁浅在黎明前的浓雾

吴允锋

此时，我们（组诗）

此时，我们不想谈论命运

流水经常被拿来和岁月作比
它们之间到底有哪些异同
这么想时，我和爱人
正在经过一幢破旧的办公楼
很久以前，我曾在这楼上的
一个房间里工作
那时，楼前的桂花树
刚刚移来。我和爱人在办公室里
约会，谈人生。送她回家时
我时常忍不住折下一两枝
所以，桂花树很小的时候
就用它的伤痛滋润过我们的爱情
而今，桂花的树冠越来越大
香气似也更加浓郁
我们到桂花树下看看吧

爱人的提议小心翼翼
望着那些含蓄的花蕾
我们都没多言
此时,我们不想谈论命运
我们再次闻到桂花的香味
并想起桂花树的伤痛

在商场里

有一次和爱人逛商场
感觉像翻字典
每种商品都有自己的位置
像字住在字典里
精品柜的柜面上贴有提示:
“贵重物品,请轻拿轻放!
损坏后果自负。”
这就和字典有了不同
爱人让营业员取出一串项链
放在胸前比了比
又小心翼翼交回
然后细声对我说
不是她想要的那种
其实,轻拿轻放的习惯她早就有了
自打我们在生活的字典里
找到爱情

爱　人

奢华不属于你
因此,所有对奢华的鄙视也不属于你
虚浮不属于你
因此,虚浮赢得的所有厌恶也不属于你
懦弱不属于你
因此,懦弱导致的失败也就不属于你

真诚属于你,
所以,信任也就属于了你
无私属于你
所以,坦荡也就属于了你
辛劳属于你
所以感恩和赞美也就属于了你

正直属于你、善良属于你
不紧不慢的时光属于你
无怨无悔的岁月属于你
爱人呀,那些不属于你的东西
你从不妒忌
而那些真正属于你的东西
别人是无法拿走的
比如现在:我对你的爱

遭遇传说

一直不喜欢水仙花
它病态的美极易锈蚀人的想象
而旷野里一株野艾
有着自己的踏实和独立
似乎知道天地之间的一些什么
这大地上的小星星，不发光
我突然觉得
这样比较两种植物很不应该
我是否“把自己视野的极限，
当作了世界的极限”
平原在无尽地展开
白天和黑夜轮流在上面走
每一次都有每一次的生疏
我越来越坚信
每个人的头顶都有传说
而是否遭遇则是另一回事

周小燕

七夕说:约定的爱情

等不及轮回。约定的爱情
从天河断桥的此岸
翘首遥望。一次心仪的旅行
擦肩而过,仿佛诉说着什么
匆匆,太匆匆
哭泣的雨,散花似的闪落

天女,已不可回眸
忠实于幽蓝的星空
皈依的信仰,无论清贫
或者丰硕
像花朵一样,通透内心的叶瓣
她,终究不能忘记

谁,搜集前世的风尘
叮嘱耳边的私语
恍若八月的夜晚,深藏蝉鸣
延续美丽的梦呓
渴望明净的身影,叠印天镜湖畔

只是雨滴,早已模糊了镜中人
悬念的生死相守
像脱缰的时间
把身外的虚无,隐归凡间
你已看不到她的影子
更听不到
修心的琵琶空灵的弦乐

或许,此刻有一种岸
你无法抵达
约定的爱情,日出
或日落时
都是静默的天河边
最柔软的风景

张小玲

午　后

1

这一辈子
只做一次幻想
端一杯清茶,靠近窗
在阳光射进阳台的
瞬间
把一生寄放。这样的午后
书放在不远处的书架
没有你,柔软的椅子接应着
窗外清爽的空气
你的影子还在,存放在心里
安稳地睡着,随着时光
或是一阵清风,落在我的
睫毛上。一颗心
在眼睛上轻吻
我只用拂去梦里的惊愕
忧惧和那些菩提树下的树影
就能真切地感受到窗外的阳光

就像你的手掌,撑开头顶的乌云
就像你的眼睛,点亮午夜的台灯

2

这一辈子
只做一次幻想
坐在临窗的椅子上
不用在镜前端详
也不用减掉长发
只要靠在柔软的阳光里
做一个梦——
用红色的围巾
披在雪人的肩上,用铁锹
拍打雪球,用温热的手将
石子堆放在你的面前
试想,在清冷的江边挑起
红灯笼
和你一起走过
又一个新年
你不用站在佛前,不用
坐在临江的石阶上
说话或是微笑
我只要在梦里卸下那些陈年
的沮丧,赶走黑夜的疲惫
就像你的手推开世界
推开我的窗

3

这一辈子
只做一次幻想
可以回到这样的午后
一个人靠在椅子上
手拿画笔,轻轻
画出心灵的落叶
时光的尘埃,画出
我生长的皱纹,画出梦里
你温情的白发
等到夕阳在街角落下
城市的灯光亮起
我能听见,你推开房门
拉亮房灯——
走近窗
我们一起
仰望七夕夜空

夏小风

黄姑塘村(外五首)

黄姑是牵牛星的别称
牛郎在此诞生,便有仙女归来
黄姑塘桥,如旧只剩下两个桥墩和一块石板
见证时光与传说
扪心自问,我们失去了什么
曾经沧海剩咫尺

织女庙前那棵高大的银杏树
并未苍老,仍枝繁叶茂
它被春天拯救过一千次
有爱就会苏醒
牛郎还在,在老故事里耕耘
织女还在,藏在柳暗花明里
穿上长衫我就是古人
如果花儿不开,别计较春天

宋朝的织女庙与牛郎庙之间
隔着一条几里宽的刘家港
为什么在人间也隔河相望
距离之美,难道菩萨也心领神会

“两情若是久长时，又岂在朝朝暮暮”

我想去太仓邂逅牛郎

400 年前的太仓
吴王及春申君在此设立粮仓
鱼米之乡甲东南
便有牛郎与织女下凡
让我看到前世的家园

我想到这个传说里
邂逅淳朴的牛郎
风清月白时，我到金仓湖洗澡
红裙子被人偷走，心也被偷走

他耕耘劳作，我纺织绣花
远离垃圾与污染
我们不羡慕纸醉金迷
“从鸡窝里捡蛋，交给母亲”
当我病了，他会熬良药苦口的成语
当我衰老，他会睡在我的皱纹里

闲暇时，我们采几朵野花，听听蛙鸣
卿卿我我，流水一样无怨无悔
晚上，我会给孩子讲故事

指着牵牛星与织女星
那是我们的祖宗,仍在天上相爱

乳房慢慢开花

在卫生间,我们把衣服脱掉
突然感觉彼此像两棵陌生的树木
我有点不知所措,一动不动
只有风中的叶子在摇曳

我瞟了一眼镜子,仿佛那不是我
我似乎不太适应去掉伪装的自己
男人平时拥有的那些褒义词
此刻反倒不翼而飞
他只是呆呆地打量着我的身体
上帝说要有光,于是他眼里便有了光

在一场雨水的浇灌下,我们蓬勃生长
乳房慢慢开花,翅膀轻轻颤抖
男朋友笨拙地给我擦洗身子
有意无意碰触到我敏感的花蕊
我情不自禁抱住他,如抱住未来的孩子

今夜，我在北方想你

天气预报说你的南方下雨了
我开着窗听南风迟来的问候
雨把我带走，一生也会有失踪的光阴

我是一只懒猫
懒得吃早餐懒得去聚会
无聊到写写文字发发呆
猜你流浪的足迹与那一棵树在一起

今夜我的北方还在松动的寒冷里梦呓
我的睡衣裹不住寂寞的思念
真害怕我的身体突然老去
害怕你埋葬在别人的故事里

画中人

你喜欢在下午四点半喝咖啡
一边写诗一边想我
你问：为何二十岁的我有着三十岁女人的魔咒

我半裸着身体在卧室画画
你如幽灵在房间游荡
一会你在我的画里,一会在画外
你点了一支烟
说画里的女人似乎在哪儿见过
只不过她是长发我是短发

熄灯后,画中人就走出画面
寻找我的童年去了
而你睡在我的身边
像一个陌生人,你写的那些诗歌
已化为乌有

初　夜

她是大一的喜羊羊睁着好奇的眼睛
他是大三的学长灰太狼
下了晚自习他在门口等她
他买了啤酒带她进了学校附近的一家小旅馆

坐在略带潮湿的床上
他问她:"害怕吗"
她摇摇头,不是不害怕是不知道
他吻她,熟练地脱去她的衣裤
她不知是在享受暖风的吹拂还是忍受野火的肆虐

她是个笨拙的孩子不敢呼喊只剩战栗
她试图做个逃兵却被他一剑击中

弱水三千只取一瓢
她以为这一瓢只属于他干旱的春天
后来她在他的空间看到他初夜那天的日记
“惠,生日快乐,我爱你”
她的初夜与另一个女孩的生日拥抱在一起

邹　旭

歌　谣(外一首)

多年以后
我会长成一个数星星的孩子
我的内心塞满石头
后半辈子
我要把它们一块一块搬出来
堆在你必经的路边
留下最小的一块
做我的墓碑

多年以后
我会把你也数进星空
听你坐在月亮上唱歌
陪你站在星空下流泪

最后的玫瑰

玫瑰,你甚至呼吸不到
你只能观望

她的表面，一片温婉的红
即使一只天鹅
洁白的翅在更洁白的云朵下，自由展开

你看到的玫瑰就是最后的那朵
火焰的舌头，超越了语言
她映照的一切：苍白
是谁，奢侈地谈到爱情和永恒
是谁，一次次俯首，听任命运

你看到的玫瑰就是最后的那朵
你铺开自己的秋天却无法获得完满
转身，如玫瑰飘零的花瓣
风的方向，她的流放
无可挽回

假如你最先感知这一切
假如你在倾斜的山冈，轻轻怀念：玫瑰
她的肉体凡胎
和她的灰烬，泥淖
你看到的玫瑰就是最后的那朵

林国鹏

七夕,写到爱情(组诗)

一

太仓,把你的名字掂在手上
沉甸甸的,我痴情地望着你
将潺潺湖水打开
涌动着不含杂质的爱情
鸟雀的胸腔,如洗过一样
唱出的情歌水灵灵的
我承认,在春花遍野的日子里
除了风声。胜泾村、胜昔村
也被喊红了

二

风吹着,弥漫在空中的雾慢慢走远
娄江被柳荫罩着
黄姑庙里的牛郎,站立成
一个地名。几片细碎的阳光
落在他的肩膀上,仿佛

他伤痕累累的爱情
织女织布,手中的针
冒出黄,冒出紫,冒出红
也冒出,一种尖尖的痛
有时站着,有时刺破指头
为的就是,取出
牛郎庙里储蓄多年的煎熬和等待

三

黎明。一只牛在原野上啃食绿荫
我不知道,风静下来的时候
它在想些什么
草色深处,它小小的哽咽
让风轻轻抬着。或许
它想将牛郎那些发芽的思念
从深瞳里折叠起来,装进胃里
每年七夕,遇见织女
也让她看看这路感人的风光

四

夜幕深垂,执手走过刘家港的月光
我不知道,这份爱究竟有多重
姓范的知识分子尝试用诗
准备一房子的想象,说出了美
和恰到好处的恨。能说出的

还有一个水做的女人
如何爱上一个牵牛的男人
不懂尘世的爱,却爱得
比天上的星辰耀眼
不懂如何经营爱,却在
人世的低语中,越陷越深

五

还好,在南郊镇林间筑巢的喜鹊
在枝头上秉持着相思的余温
而端坐直面相对的牛郎织女
像两块温润的玉佩,期许多时的鹊桥
温婉而至。月光把自己像银子一样晾晒
疾风如深夜里低温的刀锋
星辰鼓琴共和,霞光通体殷红
不停地磨蹭着他们的千言万语
是的,千万对有情人
在这个七夕之夜,都会
紧攥住生命中灿然的一幕
说好的一生不见不散
在时光的腹中,积攒下美好的隐秘

六

我喜欢:天上银河。月如钩
我决定守在太仓城厢镇

或者我会流成,黎明村前一条更迷离的河
爱情需要幻象。当我得知
长在太仓上这个牛郎织女的故事
我承认爱情有时静穆,和悲伤
在一夕间,加速衰老
现在是夜酣之时,星辰可以倒流
我突然看见,明月几度将自己
调低音调和光芒
在睡梦中记起——
爱情需要低调和守护

七

对爱情,我无法掌握
太多的话语权。当然
爱情让我每一次的远航
都充满了奇趣、期待、纯粹
牛郎织女朝暮厮守,
受得了大河传诵
也经受着沙漠般的默默待命
一切都那么偶然,绕开世间的是是非非
我在用我的情,我的颜色
也用我的爱,为生命中的爱情
植入甘美和醇香,自由和不羁

西　屿

我的爱(外一首)

我的爱,不是傍晚的光线
也不是早晨的
不是二十平方米的孤独
亮到深夜的灯,不是

笔,也不是纸
不是摊开的笔记本,每一页
都写满对你的思念,不是椅子,双人床
我一个人躺着

不是被窝的冰冷,我抱紧了自己
不是冬天,我不懂夜的黑
不是我枕着它,不是

什么都可以被带走
什么都不能留下

你不是玫瑰,也不是百合

你不是玫瑰,也不是百合
不是星期天下午三点钟
你不是她们静静地待在瓶中

你不是关在门外的光线
她紧紧抱着的半面墙
你不是她的爱恋
也不是她的离去

不是一盏台灯的亮
也不是她透明的心
不是她照着我的苍白
她不会说爱的话语

你不是我从你的梦中醒来
我倚着床想你,我的翻来覆去
我脑海中你的影子
你不是她的跳跃,跑动

不是这一屋子不动的事物
我都想要
她们冷冷地看着我

你不是打破静寂的喧嚣

不是把我拉回现实
的一张弓,你也不是我
的恍惚

你不是我的星期天
下午三点钟
我坐在屋里想你

唐小米

只有你(组诗)

教场沟的夜晚

也许此生只有这一个夜晚
属于你。所以我拿着一个夜晚那么长的尺子
从你的头顶量到脚趾
从你的心量到你的花衬衣。
什么也不能阻挡我走进你的深处
野草只是一厘米一厘米的刻度,它们越密集
越证明我还能往更深里走。

越爱就越深入。越深入就越怀疑。
如果十平方公里是你的疆域,六千座山头就是我的波涛
十万只飞蛾都是我的信使
我派出去的小奸细。白天,它们像尺子上的小数点
到了晚上,一盏又一盏,
偷走你身边的灯火。

缘分就是在想你的时候遇见了
无缘就是甚至找不到一块儿石头那么大的黑
把我们藏起来。像藏在草丛里的蛐蛐儿
它们欢快的叫,把夜晚叫成青草的
山杏儿的,花椒的,野百合的。也许还有红果的
毛桃的,桑葚的

多好啊。十分之九的夜晚都给了它们,另外十分之一
人们用来猜测和寻找,不知它们藏在哪一处更深
更黑的地方。

记　梦

想起你就流泪　含着泪看到你
仿佛不再是你
含着泪看到的　都被我哭花了

你已经不是活着的人
但也不是死人　你的手指在动
像往常那样勾住我的手
然后　像路边的灌木搂着四季青

我害怕死去的人一次次跑回来
和我重道珍重　你在　别人都躲得远远的
我还不是照样孤单?

世事变幻太快　刚下过雨
又刮起大风
这几天　总感觉眼里硌着小沙子

亲爱的　模糊是爱还是不爱?
因为你　所有摇摇晃晃的
都成了海市蜃楼

一条铁路穿过县城

我也想这样躺着,穿过一个人的身体
也想像铁一样坚硬,不因为他疼而柔软
我只想路过却不让他知道我的终点和起点
我想留下些眺望,不是全部惦念
我也想带走他深处的灰和煤,黑色的沉重的灼热的
用它们在废墟上又盖起一座城市
也想那样心跳
在他的现实中发出咣当咣当的声音
让他玻璃上的灰尘跳舞,吵醒他
或者在某个夜晚成为了他梦的一部分
我也想露出肋骨让他抚摸,那么硬的骨头
因他的弧度而弯曲
当他把脸贴在我的肋骨上倾听
故乡的车轮咬着异乡的铁,仿佛轰隆隆的春雷
我想他会一跃而起,成为春天的火车头

我想他变大，胖一些，让我穿过960万平方公里的肥沃
我也想他变小，只是一个小个子
我想成为他的破绽，他手臂上一道儿轻微的划痕

溢泉湖的夜晚

此刻，不适合奔跑
奔跑者是月季花香
此刻，不适合清唱
最美的清唱是虫鸣
但此刻，也不适合静静流淌
静静流淌的是溢泉湖水
你没有它的胸怀
夜夜装满浩瀚星空
你远不如它那么平静

此刻，因为爱
所有醉都是无罪
所有迷乱都是星星们多眨了一次眼
那个徘徊在月下的人
是另一个被湖水洗过的月亮

此刻，我和你都裸着
清澈着
那么清澈

夜色又多了露水这面镜子

只有你

清醒时我太过理智
行得直　走得正　身体里藏着一把尺子

只有醉时我才敢弯曲　蛇一样蜿蜒
有时伤害你　身体里藏着一把折刀

只有你敢爱那刀锋　敢爱刀锋上的缺口
只有你敢把我折起来　随身带着

只有你　肯试刀口的锋利
肯用血滴证明我的错误

朱文新

桃花、菊花(组诗)

桃　花

春天的桃花开在春天的根部
它用捂着小袄的二月来热身
用阳春三月来情窦初开

一簇簇红唇烈艳,向着太阳飞
向着热爱它的方向固执美

它开呀开,不分昼夜地开
它在寻找初恋者的眼睛
寻找一份丢了一年的爱情

菊　花

开在十月的菊花
已经把绿叶挡在歌声的后面
孤单时,喜欢走三圈
喜欢沿着自信指定的方向,散发独有的香
柔,尖般的银针,深入骨肉
粉红与暗黑,大都藏在
新菊为茶的眼睛里
村姑样,弯腰的手
在为谁忙

需要用安静,来安排好回味的甜
需要用山的小路,记录身姿
需要用杂乱的心音,敲打
十月的菊,含羞时
见面的惊慌

方　刚

在太仓追寻牛郎织女

为什么要在爱情之间划出一条天河

天河究竟装了多少眼泪？将一个传说淋漓地湿透
在太仓,都说天河是织女用金簪划出来的
为保护牛郎不被天庭惩罚
我不知道,这是故事的本源,还是篡改
从此,爱情之间可能有河
一个人以石头的姿势眺望另一个人
或者,两颗受伤的心无法隔岸对齐
就像刘家港,苍茫地横卧在太仓出口
一个女子将思念摇曳成江南民歌
帆影如刀,锋利地切割孤独
至今,啜泣仍从渡口隐隐传来
我无法将离别从爱情里拭去
仰望天河,那个被牛踩出的缺口
溅出浪花,一次次打湿我的眼睛

鹊桥该是一座怎样的桥

喜鹊的翅膀能不能托起爱情
这种吉祥的鸟儿深谙烟火
喜欢以人为邻,并殷勤传递喜讯
一年只有一夕,还要顾忌葡萄架下的耳朵
传说为爱情添加苦味
也让引渡爱情的桥弥足珍贵
我知道,桥以各种形状延伸到人间
比如皇姑塘桥,用几块石板连接乡情断裂部分
几百年,在太仓一个普通的小村
一直承载牛郎织女的故事
承载一茬又一茬的爱情
今天,一些爱情之间仍然隔着小河,大河,海
我想凭空喊出一座桥来
最好由喜翅的翅膀构成
我喜欢它们喳喳喳喳的叫声

哪一头牛从传说里走出

一头牛把天上的爱情驮到人间
被炊烟熏烤,飘荡香喷喷的米饭味道

这男耕女织、儿女双全、忠厚传家
这五谷丰登、六畜兴旺、细水长流
一头牛踏着缓慢而沉实的节奏
将爱情一遍遍精耕细作
在太仓,还能不能认出从传说走出的那头牛
它壮硕,威武,却生性懦弱
忠于农事,深谙春种秋收、春华秋实
熟悉节气、时令、雨水、墒情
沿着绳子的方向转动一生
用汗水浇灌一株葱茏的牧歌
使太仓成为天下粮仓、棉花海洋
一头牛让爱情找到合适的土壤
今天,铁牛在乡村一再为幸福提速
爱情依然涌动大片金黄

织女庙寄托多少爱情

太仓修建一座主宰爱情的庙宇
让江南浪漫风情找到一个宣泄的窗口
这位来自天上的女子,将爱情演绎得凄美而绚烂
化成神像,依然保持孤独
与牛郎庙隔着一条无法逾越的扬子江
他们在一首文人诗里平平仄仄地爱着,疼着
血滴进民俗,浸润每个人的心跳
其实,织女是某个,或者很多个女子的化身

她的爱是众多女子的爱，她的疼是众多女子的疼
每逢七夕，前来乞巧的女子也乞爱
这些江南女子，怀揣莲子
沿着一条幸福的水路，把船划进民歌深处
在一个古老的爱情故事里，荡起哗哗水声
而织女化作一颗星，在天河岸边
提示天堑，也指示光明

蒋志武

七月,我的女子(组诗)

织女庙

凤仙花染红漂亮的指甲
槿树叶汁为织女洗净三千根青丝
初七夜,月色暗淡,星光灿烂
在织女庙,人民仰望天空的银河

织女庙的水清澈得像织女的心
在黄姑塘桥边,我们似乎听见牛郎的情话
汩汩而上的清泉水,请你再慢一些
七夕,我们预设了很久
这样的相遇,也许说着说着就不见了

欢舞的人群,玫瑰的海洋
哪一个将是我心仪的新娘?
世间,我们爱着的一切是那么纯洁
鹊桥,因相会而生动和永恒

织女庙，请赐给我一份恋情
就算心碎也完美

病　中

在病中，我品尝着昨日的苹果
红色的苹果像你淡然的脸
你必须赞美这残缺的世界
秋天，等我痊愈
我们一起去收捡飘散的落叶
写下回归之诗

在病中，我抵挡着药剂与针孔的疼痛
医院，此起彼伏的哭喊
我认出了带血的玫瑰
和不安好心的镇痛剂

穿梭的护士像白色的天使
而你是我病中安慰的神
隐藏着饱满的双乳
从不外露

六月，我的女子

六月，我出了城
离开故乡

我攀上城市的脚手架
附和着水泥，将自己粘在楼盘上
成为风景
六月，我背后的风雨跟随
六月，这栋大厦只会完工三到五层

但我想让这栋大厦再往上
盖几米，那样我可以远眺南方的故乡
看一个柔弱的女子
为我编织深秋的毛衣
披在这栋生长的建筑物上
为我取暖

浪漫之光

出租房，紫色的窗帘飘动
暴雨在街上狂舞

我们相拥,倾听城市内心的寂静
与流浪的生命之语

当树叶在公路两旁回旋
爱情的果实已落入囊中,远方的故乡
那些曾经迷失的,或即将消失的誓言
又重新回到我们身边
闪着浪漫之光

城市的夜晚,有阴影和光
忘记我们那些离别的时刻
今天,让我们小声哭泣
在异乡,赶紧把爱情的秘密
遮掩起来,并保持锃亮

曾宪红

稻草人和鸟(外一首)

如果一只鸟爱上一个稻草人
再高旷的蓝天还有什么用
再和煦的风,甜蜜的远方

翅膀还有什么用
她曾掠过高山,湖泊
她穿越云朵时,日光缓缓盛开
——有什么用
此刻她正迷恋大地
迷恋稻草人脚下的田野
而麦田正涌起金色的波涛

如果季节唤来寒流
春天的路线还有什么用
她眷念稻草让人流泪的气息
多么暖,多么迷人的芳香

让我在你的心房里住吧
冬天已经缓缓来临
关上所有的门窗,就像

关上整个世界

如果一只鸟爱上一个稻草人
世界还有什么用

石榴花

当春天喧嚣的花朵
厌倦而退缩的时候
我执意错过花期
选择在春天的门外
不张扬也不卑微
仅以一株植物本身出现
面对你,孤独地开放

不想把一些内心的东西
那如同五月夜空里星星繁密的心思
挂在春天拥挤的花瓣上
我最终选择深藏在坚实的骨朵
让你在春天过后的单调里
看见一个有限的可观的红色物体
感受到我独特的明朗的呐喊

也不要认为我是一种花
把我看成是一种果实吧

在你青黄不接时
做你世界里唯一的口粮

和慧平

天使在空中走走停停(组诗)

天使在空中走走停停

虚无之舌舔着黯淡星空的肚皮。蓝色布鲁斯
撩动子夜的胡须。一曲又终。松林寂静
狐狸轻转腰身　向远处几抹颓坯遁去
肖子蛰伏在草丛中　静静聆听牛郎织女渐渐清晰的呼吸
他说:“七夕将至,天使在空中走走停停”

芦苇为谁一夜头白

贫血的夜晚,或许我只是一个
命定的陌生人
命定的夜晚,注定会有两瓣苍白的嘴唇
无力抵达生命的隐秘部分

这一切无人知晓。就像一只狐狸委身
入我梦来　比皮毛更温柔的
呓语　俘获我的心跳
而那只叫盈盈抑或娇娇的美狐
一睁眼，她便消失了

岁月无声，梦亦无痕
惟有睫毛深处一地芦苇
为谁　一夜变白

四月，梨花在大片地白

四月的天空湛蓝得忧伤
一尘不染的蓝天上倒映着起伏的群山
在云南，山峦可以是流淌的羊群
山峦还可以是红土地喘息的乳房

就在这片云南的山地上
树树梨花在毫无节制地啜饮着天空的蔚蓝
山有多高，梨花就有多高
河流有多远，梨花就有多远

“我要是能变成一树梨花该多好！”
绕过梨花的白，你幽幽地说
“你看那些身姿绰约的火焰

正一朵一朵展开洁白的舞蹈
挪着细碎的脚步占领你内心的高地”

蔚蓝的天空下
你可知道,你可知道
到底是梨花的白,还是你梨花的肌肤
已在我身体里泛滥成灾

我大声说出那些油菜花的黄

油菜花在晨曦里静静流淌
香气氤氲到哪里　哪里就翻滚着
油菜花金灿灿的黄

在大片金灿灿的海洋里
我大声说出:除了油菜花的黄
还有什么　能让我的心漾起粼粼波光
波平浪静。一只蝴蝶轻轻掠过
翅膀上。一扇沾着今朝的零星露水;一扇沾着
昨夜的斑驳月光

水语春天

小草和风说着悄悄话
蝴蝶说:天哪,野花都开了,我竟忘了告诉他
花朵和鱼在春天里恋爱了
但鱼天生是结巴
好好好好地咋咋咋咋咋就哭啦,我我我我我不是故意的
梨梨梨梨梨花一枝春春春春带雨
我我喜喜喜喜欢的是是是是你而不是是是她
月亮掐熄烟头:要么爱,要么不爱,我就在那里,不来不去
河流斜睨着飘逝的白云:
你跟,或者不跟我,我都一直躺在河床里,悲伤,或欣喜
雨水亲吻着大地:亲爱的亲爱的你在哪里　一日三秋兮
今天终于可以用我泛滥的真情淹没你

每一滴水

每一滴雪水都在阳光里融化
每一滴雨水都在春天里发芽
每一滴溪水都在梦想里开花
每一滴河水都在血管里喧哗
每一滴露水都在秋风中说话

每一滴汗水都在希望中枯萎
每一滴泪水都在人世间蒸发

辑三　他说，她说

茉　棉

他说，她说（组诗）

第一支舞

还没开始，你就说“抱紧我”
多么省事，萝卜，白菜
一步就奔向了情爱的小康
可爱情是个古老认真的话题
我是个笨女人，不善于短跑
磨损的曲调上旋转的激情
沸腾的海洋
我还坐在一个角落，不紧不慢
喝着茉莉花茶，想着
和田的玉和明月下的瓦片
这多少有点不合时宜
不能告诉你，你低声的叫喊
藏着我向往的沙漠
此刻，我还不是一朵西班牙野玫瑰
在爱情三部曲里

你和我跳的第一支舞
应该是:恰恰

他说,她说

她谋杀了他
用温柔,
比维梅尔的小女孩
还要美的眼睛。

他喜欢她带来的新大陆:
婴儿,私人医生,远古的思想者。
新鲜的海浪
对付黑夜不费力气。

火炉等待最旺的煤球
她俯下身,
用方言亲吻属于他们的晚餐。

如果我爱

我不会去询问。一只蝴蝶
飞行的轨迹

唯有阴影不被说破

我喜欢隔岸观火
打开丝绸听风
看树上的小蚂蚁搬运粮食

我一点也不担心。如果我爱
就能打败所有的敌人
像怒放的桃花
一不小心，成为春天的主角

不解风情

意料之外，承诺的期限
还有 15 小时。
我沉默。早上清洗香菜。

风扇安静地转动。
缓慢的风吹动书页。
一个女人饱满的情欲：
她抚摸她的乳房，余下的情景，
你可以想象。

——沃尔德曼似的结尾
一首诗，昼夜的交替，晚安之前。

但我不会像她一样，
急于告诉人们
我，是一个什么样的女人。

IC 卡电话亭

被用旧。
被遗弃。
被贫穷抚摸过的耳朵。

站在低矮的半圆形的屋檐下，
我打过一次长途电话，
唯一的一次。

路灯下的细雨淋湿了后背。
那时，我还没学会爱，
我已是一个孩子的母亲。

凌晨三点

昨天的梦境
类似布勒东的“自动写作法”
刚做的梦

它是如何完成的呢?
江边吹来凉爽的风
地板上灰色的袜子,细格子T恤
蕾丝内衣
两只蝴蝶的咏叹调
多么美妙
我不打算这么写了
罗兰·巴特说
艺术揭示真相而不是暴露隐私
我觉得为难(比如人体艺术)
高雅与庸俗
以梦境的形式给我解答

礼　物

真抱歉
还是没能找到一株紫色的
我已穿过
两条街道,三个红绿灯,四个转角

从桃花江到湘江
从风信子到风信子
瞧,我多么固执

玻璃花瓶小心翼翼

挤上了168路公交车
粉红的花蕾
不知道自己叫做风信子
不知道自己——
就要开了

散　步

我们也是树上的一片叶子
现在，是绿色的

你倒退着走，和我说着什么
斜坡。路灯朦胧

你伸来的右臂，迷人的弧度
在淡紫色泡桐花的空气中
短暂停顿——
来，带你走另一条山路

许泽夫

在爱情隧道口（组诗）

再致铁轨

两根愁肠
长长的　如不尽的思念
一根是你的
一根是我的
晾在不见经传的龙泉山
任山风吹
任山雨淋

无穷的愁
愁成锈迹斑斑
极度的痛
你听那汽笛
仍在大山深处尖叫

愁在一起痛在一起

枯了
干了
也在一起

收麦子的女人

不知这条爱情隧道
与麦子有什么关系
但千真万确　在这里
我看到了一个收麦子的女人

那个貌似天仙的少妇
仿佛金黄的麦子发出的光芒
抑或　饱满的麦粒
来自她身体深处的品质
她吃力地抱起一袋麦子
显得力不从心娇喘吁吁
她脸色红润如院中熟了的桃子
她的一双龙凤胎儿女
马驹似的来回奔跑
她再次弯腰时
我看到一条乳沟
与眼前的爱情隧道
惊人相似

无论是不是幻觉
我产生了强烈的冲动
我想把那个女人
连同她抱不动的麦子
一起抱进屋里

你的名字

我把你的名字
刻在枕木上了

列车来了
大声呼喊你的名字
列车走了
风抚你的名字
太阳和月亮
镀亮你的名字

然后　我躺在枕木上
头枕你的名字
如果在下一趟列车到达之前
我未醒来
那么　我的血液
将融化你的名字

小蚂蚁

一只小蚂蚁
在铁轨上　步履匆匆

我俯下身子
悄悄告诉它一句话
给没有尽头的远方
我的爱人
捎一个口信

小蚂蚁
你快去快回
我就在这
等你带来的回信
你不来我是不会走的
亿万年　不离去

所幸我遇到了你……

我一直在寻找一个地方
远离喧嚣

有山　却不陡峭
有寺　却不排场
当然应有几段传说和逸闻

我一直在寻觅一个人
不施粉黛
脸上有酒窝
背上有福痣
明显俊俏与旺夫
当然应让我第一眼就颤抖

合肥东部桥头集
境内有座龙泉山
山上有个千年古寺
山脚下有条爱情隧道
参天大树　常青藤
还有凑热闹的花花草草
将爱的秘密
遮盖严严实实
太阳看不见
山峦上的白云也看不见

所幸　在这里
我遇到了你
擦肩而过时
心灵迸出了火花
回眸一笑　千娇百媚

似在梦里常见
又似赶赴千年之约
惊讶之余
才想起问你芳名
而你　飘然消逝于道口

所幸　我遇到过你
瞬间的心动
定格在人生的隧道

八百里

我测算过了　亲爱的
我们之间的距离是八百里
等于四千千米
也就是四万个一米
也就是四千万厘米

我不需要
马踏飞燕八百里加急
我只需在这爱情隧道上
爱你
让我一厘米一厘米爱你
让我一厘米一厘米想你
一年蚕食一厘米

四千万年后
我们就可以深情接吻了

我知道
八百里之外
你在等我　并谋划
四千万年之后
我们的幸福生活

天和地

如果有一天我们联系中断了
手机忙音
电话占线
微信拉黑
电脑死机
我想
一定是天崩地裂了

天是我的天
地是你的地

如　果

如果鸟儿
不在高空飞一圈
那双翅膀报废了

如果柿子
不在秋天熟一茬
这个季节荒废了

诗人啊　如果
不来爱情隧道走一遭
你的诗作白写了

其　实

其实我俩的心
只隔这一层皮囊了
一张薄薄的窗户纸

我真的担忧啊
挨得这么近

抱的这么紧
爱的这么亲
两颗年轻气盛的心啊
会不会慌不择路
穿破纸窗

优雅的谜语

水 晶

我迷恋水晶里的谜语
它有千万束温情的光芒
它固定了流水的模样
把清澈的品质保留下来
它是暗夜里孤独的精灵
轻声歌唱,恍若月光。
它吸纳所有明亮的事物
让自己成为秘密的核心
水晶,水晶,你积聚泪水
在这大地映照前世今生

在阳光下行走

我带着迷惘在阳光下行走，
看这些迷人的光线给大地上的事物
披上温暖的轻纱。一只白鹭贴着水面飞过
仿佛划过光波的一页书笺
风保持光芒给予的温度，它对我的身体说：
热爱使万物避免荒凉。我记取这言语，
我是一株爱着太阳和大地的青莲

优雅的谜语

恬静、迷人的乐曲，同时蕴含
孩子的天真和谜语般的忧伤。
在夜晚的星空回旋，低语，
每个音符都在表述，灿若群星
却又无限神秘，不可触摸
仿佛优雅的水波漂走片片月光。

向　西

夜空里的每一颗星子,都在注视
这移动的时光和隐秘的忧愁。

我也曾在向西的路上迷惘,
仿佛祁连山之雪顶在慢慢消融

我想象自己此刻是颗甜蜜的流星
短暂的光芒只为这向西的旅途

它用热烈与天真验证自己的轨迹
带着天使赋予的翅膀和灵魂。

你可曾看到一颗明亮的心在飞翔
它将成为夜境里会歌唱的陨石。

节气:小雪

天空飘落的烟雨,它们藏着精灵的歌声。
这是一场盛大的晚宴——
在你路过的大地,冬夜开始步入幻境。

星　夜

星芒在夜空中飞旋，
它不会迷路，是孩子的笑靥。
它点亮了河岸边生长的树
那些燃烧生命的树，让大地
充满生机。我们是坐在星夜里的两个孩子
怡然安坐，倾听群星的合唱。

心　灯

你替我点亮这盏心灯
它照见的只是无限痴迷的内心
在佛前永世寂静，空如满月。
我执著这一生的爱恋，
不问过往，也不求来生。

注定是一场天荒地老的相遇，我燃烧
周身流转的血液，为你取暖

月　光

我想拥有一个
收集月光的容器，
在我暗淡的日子里
照亮我的灵魂
现在，我获得了它
成为在月亮上
种树的人

夜　歌

天下灯火各自私语
虚拟璀璨的星河
我们是溜进大地的
牵牛织女，在夜的容器里
相互点亮
彼此照见内心的软弱和甜蜜
就着黯淡的星芒
轻唱这首七夕的夜歌

端木向宇

爱情诗歌四首

夜，刚好

阵雨，下得如此随意
停停续续又停停
黑暗里的城市
在路灯亮起后变得陌生
离开，引擎轰鸣
吵醒躺倒的身体，干巴巴
夜，晚得刚刚好
有眼泪，有静默

逆向曲

1

每个人都清楚
人生最终是出悲剧
带着啼哭的降生
和哭着送往火化场时
思想便无情地将你抛弃
一堆灭了菌的灰
怎么也发不出一枚芽

2

狂啸！速跑！燃烧的青春
在嘈杂、虚无的城市中裸奔
夜，永远是陌生
那家叫河畔的餐厅里
传来异国的声音
除去不可谈的
一切话题均被谈论

3

出发,冲向一座高海拔的山
小心欣赏攀爬着的每一步
忘了背上沉重的氧气袋
耗尽了最后的体力
山顶原来不设观景台
征服是唯一收获
勇气,仅为下山而备

4

起点即终点,终点亦起点
逆势比顺境更容易起飞
听从大自然的心声
我和一棵树低声丝语
归去来兮,归去吧
扎入地心深处的根说
一切都需要沉淀

5

铺满落叶的小径
在暮春的最后几天里
在百花齐开争宠斗艳的
朦胧细雨的夹杂中

我遇见了寂静的自己
从归途中走来
微笑,带着香樟树的馥郁

竹　祭

被削过的脑袋长成等高
若没发现,你依然自得其乐
可现在,在云雾、烟雨迷离时
你黯然神伤
压着低垂的身体
横在弯曲的山道中间
卧进竹石枯叶里
倒入我走向你的台阶上
朦胧,山间小屋
安静地能听见一朵花开

二百年前的遇见
石屋、别墅、木栈道
残败的门牌结满野樱桃
我醉了,一两五加皮
为了莫邪,或是干将
但绝不会为了他们的爱情
被拂过的竹海,所有的躯干
这里是座坟海

后背微微渗出细汗
呼吸在回来的路上沉重

去海边

我想，去热闹的海边
不为饕餮美食和挂满椰子的椰树
来往的比基尼，无法被吸引
热舞或是斟满鸡尾酒
桑巴换成恰恰，草裙飞走了
夏威夷盛开的花
枯萎在咸涩的海水里

我要，去热闹的海边
放生一只寄居在海螺里的螃蟹
潮退起时，送它回来
潮退却时，把它带走
海鸟跟随着它的轨迹
把整个海洋逛遍

而我，只能在陌生的海滩上
享受夜风带来的潮湿

吴　嫚

一条路，通往天河

用人间的土，填满七月的河流
垒成一条河的距离，一座桥
垒出另一个人间

如果明天，用温和的方式
雨水包容一朵花的坠落
没有躲避和幽禁，没有束缚
风雪、柳絮
在该来的时候，都会来

我用善良的方式去超度
喜鹊，黄牛，我们的孩子

多少年后
还有虔诚祈祷的人群
因为一场相遇
跪拜
一条河的宽恕

严　正

严正爱情诗(组诗)

欢　颜

白球鞋,后操场。今天
我和你

时间就是天空慢慢暗下来
人群越来越少

说出的话是多余的,不比
这些纯洁的欲望
这么多干净的小手和
这一天我

活着:
先是月亮,而后乳房
我等着
你静静给我的身体。

某个半夜：她

与夜晚邻近的是一个生者和他的一首
相对于其他夜晚毫无意义的诗
有裂缝有通道
有在你原来地方的湿性传导
和你的脚　呼吸之外一分钟的沉默
它们无形它们还没有完全背叛我
在记忆中复活你睡衣的颜色
背景是剔了骨头的音乐　哽在喉咙的酒
你开始转动：这三角形的渴
你明白　时间从未被终止
如果你醒来　听到鸟叫
对着一片绿油油的草地
会不会记得那块黑色的瘀血悄悄消退
会不会觉得我离你很远
　　这个世界离你　更远　更远

恋曲 2009

抑制，梦幻，一毫米，一分钟，静止不动的瞬间
从关上窗户到一扇门仍然开着，从这里

到我们以前去过那里
用自己的杯子喝自己的水
用自己的双手搂抱自己的情人

结果,因为,所以,但是,
现在我说一句极悲伤的话,我说什么呢?
我说再见,哦我说再见我是再见我是被再见的再见
在地铁站在广告牌下在攥紧的拳头里
在我是不再等待不再仰望夜晚的晴朗的夜晚

原谅我众所周知的两只胳臂,两条腿
原谅我思考人类的思考
原谅我嘴上的名字和你身上的黑痣
原谅我上我的床进入我的梦乡
原谅我路途遥远我累了,用一个鼻孔说着话。

是　她

从头顶到脚底
从休耕的大地到熄灭的行星
我缝在黎明尽头同一个湖泊的呼吸

图像是清晰的
脑子是空的
我记得清发生些什么:

豌豆和蚕豆和人类的家庭
甚至我单方面地要求它们一秒钟。

时间不重要

时间不重要，你说的时间无非是

两株麦穗，几场雨和
在夜晚流出的电话

某年某月某日，无非是
你梦见那些渐渐被你遗忘的人
你醒来之后继续着你的遗忘

时间不重要
地球是椭圆的旋转球体
它不会留下你的记录

时间不重要
什么都可以记住，什么都可以忘却
我懂得了爱情所没有的懂得
我原谅了爱情所不能的原谅

林火火

七　夕

已经是夜晚了
我的身体里,依然有
无法停熄的生长与消亡
轮流当王
在一场大火面前独坐
此时应有几只不懂人间寂寥的麻雀
应和几声
语音轻微,面目模糊
如你病中所唱:
“寂寞当年箫鼓,荒原依旧平楚”
入流水,入尘埃
我愿向泥土交还骨肉
而这一夜
应有烂醉的人
走错家门

方　影

珍藏的火焰(组诗)

珍藏的火焰

风从遥远的海边吹过来有玉的清凉
花在一夜之间盛开宛如梦境
流水带走无谓的悲伤
我打开珍藏已久的火焰
一切美如四月的江南
此时,如果你说,我们走吧
哪怕兵临城下
哪怕大雪封山
我必伸出我的手
以最快的速度
这世界不过一片虚词
不及你一个微醉的眼神来得真切而锋利

2016.4.18

那一年

那一年
你还是追风少年
喜欢在后山的林中空地上读书，牧羊
看溪水无声
她经过的时候
远处的一堆篝火刚好映红了她的脸
晚风正吹动着树叶
像一架硕大的琴弦
她又梦到这个场景时
你早飞渡到万里之外
无尽的岁月正滚滚而来
如落日般辉煌
她深吸一口孤独的香气
再一次路过从前

2015.12.12

我内心每一条道路都通向你

白天太过嘈杂

不,我是说我的内心
各种欲望,各种干扰,各种不适
而夜晚
这明媚的深渊
只有遥远的星辰倒挂于悬崖
风声忽远忽近
草木的清凉抛开霓虹与笙箫
夜晚开始呈现神秘高贵的紫色
在这个庞大的掩体里
每一片暗影,都来自于心灵的风暴
光阴滚动着,发出巨大的声响
我满含着你的名字
却无法告诉世人
我在暗夜的海上
内心的每一条道路都通向你

2016. 5. 20

雪莲红红

你说我说(两首)

——给初恋 AJ

瞬　间

想你——
是一剂麻醉的
中药,无事
就装入心里
煎熬,而后
血管先喝
神经后喝

你说我说

——给初恋 AJ

你说,我又打乱了你平静的生活

我说，沸水翻滚　只为茗香　别无他用

你说，干吗用四个字的笔名
我说，为了那个红衣马尾辫

你说，忘了吧
我说，伤已不在，疤痕还在身上

你说，离别三十年了，多亏你的文字领路
　　终于找到你
我说，文字是我领养的孩子
　　他们手捧我的名字，像个孝子
　　守着报纸这块墓碑
　　哭了三十年　因为
　　它们没有找到那个人……

你说，今天找到了，还想怎样
我说，心愿已了，文字放假

泪水淋湿了静默
曾经的曾经背过脸去
看到夕阳已经回家……

葛小明

采采红豆

红豆生南国

爷爷挑水去了,取水并不容易
可他偏要把豆子种在山上,偏要
他说越高的地方越温暖
他说以前总是和奶奶拉着手上山
奶奶撒种子,他浇水,秋天熟了一起采
我的小手拉不动爷爷
除了把最像自己的豆子偷偷埋下
什么也做不了,正如我十四岁的年纪
除了埋下青春,我什么都做不了

爷爷挑水去了,我独自对着豆子发呆
南国的风吹在脸上,不太冷
我等着爷爷回来,回来一起播种
那些豆子会渐渐长大,会在我十八岁时变红
我会每天早晨上山看它们,一个人

我希望能够不小心看见我的爱情
爷爷笑话我，他说春天里的事情都是自己发生

春来发几枝

山上并没有多少猎物可打
那匹马却不只一次出现，辰时
他习惯牵着马路过我家田边
很少说话，如果野兔冲进地里
他就等到兔子出来再打
他说他还年轻，有的是时间
可能是心疼庄稼，也可能是因为其他吧

卯时上山，遇见红豆正开
我的长发和裙子在风中苏醒
飘飘然路过这个世界，终点是他
阳光一会就淋湿了我全身，邂逅，只剩我们
果然，越高的地方越温暖
我开始想到奶奶以及爷爷说的话
太阳下山时，他也跟着下山
他不说话，用手指指红豆，再用手指指我
不知为什么，那一刻我的脸和夕阳一起烧了起来
那天他唱了整整一路的情歌
我早就学会了，可他还唱

愿君多采撷

风开始吹下山，爷爷老了再也爬不上来
他学着爷爷去山下挑水，给我讲故事
我撒种子，他浇水，秋天熟了一起采
就这样相爱，在南国的红豆地里
他对我说了一生一世的事情
那年红豆结的出奇的多
我的裙子很快就兜不了了
他过来抱住我，说来年给我一辆马车
拉上豆子和我，风风光光地娶下山

那天我们不停地采呀采呀
青春都被我们装进了筐子
夕阳泼过来，我们变成彼此的红豆
尽情地采吧，趁着年轻，
趁着好不容易说出的情话
尽情地采吧，马儿睡着了
风声变成大红色，全世界偷偷相爱
尽情地采吧，你不采我，我就离开

此物最相思

第二个七夕，他没回来
说好的红豆地，说好的一生一世
“等我。明年的七月七日”——最后一句
那些红豆像服役的兵卒，不能回头
密密麻麻站在大地之上，任风吹雨打

任远方人相思成疾，无药可救
它可能也会想念山上的月亮
也会抱着影子偷偷哭泣
也会成为诗中的负心人一传千年
能有什么办法呢，战争时没有路可回

爷爷告诉我红豆成熟本就漫长
过早过晚都会歉收
我开始习惯一个人上山
一个人挑水，播种，浇水
等秋天熟了，一个人采
但我相信红豆，相信在某个不经意的黄昏
他会赶着马车出现在山上
那时红豆一定明媚如海，开遍漫山遍野

幸锦钞

月　光

皎洁的
映在下过黄昏雨的天台的
那一地月光
端端的
将遥遥北望的轮廓
剪影在白色绣花的落地窗布上
和梧桐树丫一起
微微摇晃

我在想　在漫浓地想
那走过我孤寂的梦的
有着春水般的眼眸
和与母亲一样的发香的姑娘
今夜是否依然
在水一方
像我在这旧城窄巷一样　独数月光

韩建满

七夕组诗

1. 七夕——以陆游之名祭奠唐婉

那一世，你为织女，我为牛郎；不求朝朝暮暮，只求一次相会。

那一年，你为青梅，我为竹马；不求现世安稳，只求执子之手。

那一月，你为佳人，我为才子；不求登科及第，只求琴瑟永偕。

那一日，你为头钗，我为沈园；不求两情相依，只求你若安好。

那一刻，你为落花，我为放翁；不求王师北顾，只求此情可忆。

那一眼，你为山盟，我为海誓；不求海枯石烂，只求三生有幸。

那一天，我故地重游，不为祭奠，只为做你的一根秀发，驻进你的灵魂，知晓你的喜怒哀乐。

2. 逝水流年

思念成悬念，冰冷了画面，烛影瘦容颜。
灯如红豆圆，芙蓉醉红颜，相思谁来念。
逝水流年，我曾暗恋，诗化了疲倦。
临去时秋波那一传，令人低回不尽的缠绵。
谁化蝶成卷，让豆蔻也来思念？

3. 花开有时

花瓣般的记忆从年华中匆匆走过，滑落了岁月的诗行。
转过身来，细细看去，几株枯萎，几株残缺，几株妖媚。
细细想来，不同的色彩，应该有不一样的年华。
花开有时，花落亦有时。

4. 花开之前

想你，就去脑海里找你。
见你，这种喜欢，你不得不见。
你笑，像花开一样，但留在我心中的，是花开之前。

平淡如水,天生带感。

5. 花开半生——致徐志摩

英年早逝,代代有人诠释。
虽素未谋面,但你诗意了我的青春。
你是爱的正身,自由了红尘,红尘记住了你的真。
缥缈云游,花开半生,你是世上最好的情人。
时间标注了你的年岁,却无法丈量你的价值。
悲剧如若不发生,则你的生命将更具张力。
岁月的哭声传过来,谁也埋葬不了你的魂。
我在遗憾中领略你的高度,在高度中体味你的圆满。

6. 秋思

一把雨伞,撑出个从前。我怀念,你背影下的遥远。
站在窗边,水流进眼帘。你的脸,被我翻阅成诗篇。
满纸红笺,落一地清欢。君不见,这一晚阑珊画面。
风疾吹走落叶,花乱方觉憔悴,惆怅最怕恨堆。
你的温柔在暖,正是我思念时候。
相思不重,像生在北国的红豆,一夜就能熟透。

7. 心动

你在天的下面,我在地的上面,白色的云和轻舞的沙。
你在山的南面,我在水的北面,流香的花和跳舞的马。
你在我的左面,我在你的右面,邂逅的肩和盛开的夏。
相遇是场薄薄的心动,短而惊艳,只为燃烧刹那温柔。

辑四　七夕:四十九行情诗

张　琳

七夕:四十九行情诗

一

用一生
建一座爱的大仓库,世上的美好应有尽有。
上一把同心锁
只有我们两人可以随意打开。
——里面,存放着取之不尽的情话
我却总是只取一句:我爱你。
你一句也不取,说与我共用就足够了。

二

七月遇上七日,仿佛织女庙
遇上我的祈祷。亲爱的
有了爱,几十平方米的陋室就有了陋室铭。

我们喜欢
这热气腾腾的粗茶淡饭
你一口,我一口
不是吃饭,是我想到了一家该有三口。

三

江南好,我们就成为这美好的一部分吧。
有爱的地方
风是金风,露是玉露
我们千里迢迢赶赴太仓,只是为了
回到爱的故乡,亲爱的
你听,一句昆曲,一声丝竹
都像月老的祝福,脱俗,隽永。

四

我们从来不用想
什么是爱,凡心上的事物
都是爱的词典,随手翻阅
天空、大海、高山、草木……有一颗红豆
在你离家的时候
我让它化为日出,化为月亮

——爱的光芒,如影随形。

五

亲爱的,这三个字
已经成了一滴酒,闻香则醉。
我们时常醉倒在一片月光中
一片草地上,亲爱的
活在哪儿不重要
我们带着海誓山盟,就是带着大海
带着高山,从容赴爱。

六

一缕光线足以代替一座鹊桥。
那么多的离别
只是为了重逢。
我们在尘世上,望着高处的牛郎星和织女星
欲语忘言。
说什么呢,爱不只是传说,不只是神话
我们静静地拥抱着,生活就有了一座温柔的小桥。

七

亲爱的,这一生
由你我共同组成,一起哭,一起笑
一起看命运潮起潮落。
除了爱,我们什么都不爱。
没有什么
能将我们分开,两个人的世界
一粒灰尘都不能插足。

海饼干

爱一个人(组诗)

早　上

在公交站点等你
仿佛在春天里等待一场雨。我们并排走着
我口袋里装着你的小说
一个厚实的信封,故事诡异得像一张
沟壑纵横的脸,我看到了自己
在一段描述里:“一个穿蓝衣的女人…”
悲苦又虚幻,像一个还未到来的我。
我们在虚构的事物里
见面是容易的。你翻开春天
告诉我:“欲望是红色的
而爱情纯净如水。”你说这话时,我正穿过
一双双目光抵达你,像穿过
石像的丛林,但我知道
接下来,我们就要回家,并在一个
熟悉的十字路口

各走各的路。

夜

我无法描述三月，就像
我无法描述此刻的我们——
安静地躺着，仿佛要听一场雨，如何
浸入夜。窗外，猫掖紧
尖锐的嗓音，我把手递给你，仿佛交出自己。
你转向我，呼吸里有古怪的泉水
我推开你，你用吻箍住我
猫的嗓音开启，我开始变得柔软
你轻轻打开我，像揭开隐秘的
通道，你找到了什么？我扭动自己
吐出猫尖锐的嗓音，我们互换汁液，如迎接春天
半个月亮爬上屋檐，月光从我们的
身体流下来，一只猫挠开了
春天的大门。

夜登雨山

它的怀抱张开，我们
登上去时，有风，轻抚着我们。

身后，它的黑视野装满了
野花、青草和树木，但色彩被收起，仿佛
收拢双翼的鸟。森林的呼吸
匀称，虫鸣也不知所踪。只有我们。
你说："雨山是我们的了。"
"我们也是雨山的。"我拉起你的手。
月光隐在山后，像先知
它洞悉着一切。我们相对而坐
在四角亭，多像两个对称的事物。
我们讨论朋友，初恋已那么久远。光阴
在你嘴巴里肆意跑走。
笑声，耳语声。
还有谁发现了这隐秘的乐趣？
此刻，我相信这山中
一定有泉水，潺潺流动，就像你的语言流到
我嘴巴的过程。

爱一个人

爱一个人是对你大声说、小声说
一言不发，看你鲜活的
在我身体里游动，在冬天的视野里看到春天
更多时候，我们躺下来
盯着人生，盯着生活，盯着彼此
然后沉溺，没有人

教我们如何爱，我们在生活的
河流中沉浮，像两个没有嘴巴的葫芦。如果苦难
有尽头，我们就会摸着石头游到春天
我们要写下一片田野，用语言钉起木篱笆，种雏菊
种云朵、种下整个季节。那时你会
仰着头看我，仿佛看一朵飘忽
又无根的云，如何落入
你的手心。

邹汉明

七夕，尘世的节日（组诗）

七夕，尘世快乐的俗节

尘世快乐的俗节
吃饱才是硬道理
但怎样才算吃饱？
有些东西是吃不饱的
吃了一回还想吃

即使我有万斛孤独
也需约你同吃
即使你有巨轮驮载的不如意
也需约我一同
参与浪花的论辩

也须有肉体的参与
不要装作不知道
尘世快乐的俗节

须有肉体的参与的

想起明智的木心
鲜为人知的狠话：
“爱，就抱着爱，
夜夜欲壑难填。”

尘世快乐的俗节
吃饱才是硬道理
其他不过说说的

无弦琴

你的手是欲念——
我的手是渴望
——（芬兰）伊迪特·索德格朗

有朝一日
我的手指摁住你琴弦中的哆
我吓了一跳
反正，瞎猫碰上死耗子

有朝一日
我的手指摁住你琴弦中的来
跟来一个美妙的和声

男灵魂女灵魂,挤在相逢的路上

有朝一日
我的手指摁住你琴弦中的咪
我不是故意的
轰响的共鸣——在你美声的半身

有朝一日
我的手指摁住你琴弦中的发
眼儿媚,长发飘
垂至一把不到的小蛮腰

有朝一日
我的手指摁住你琴弦中的唆
江南仍有梭子船
漂浮在雾露天的老木桥

有朝一日
我的手指摁住你琴弦中的啦
两个小傻瓜,隔空里搔痒
我知我的手是渴望

有朝一日
我的手指摁住你琴弦中的西
笑穴里的噗嗤
一路含泪向西,求你去把真经取回

有朝一日
我的手指摁住你琴弦中的哆
颤抖并不多，你这又是何苦
我生命中的乱弹呀——仍是哆来咪发唆啦西哆

那一刻我们跪在菩萨面前

"那神像——那神像——兀自在倾听"（吴兴华）

既然我们的膝盖发明某个菩萨
那么，我们就跪倒在祂的面前
此刻，允许我追随你喃喃自语
一把拉你到我的真挚的梦里头

菩萨面前，缘分前生既已注定
我们将是一个冒号的两个小点
我们还是一对互相照面的括号
分别括向靠近对方的那个方向

在同一个蒲台上，你会有你的
小女子的祈祷方式，而我，我
从此出发将去包裹一小条暗河
两股水流扭为一股，合二为一

当你多年以后小步紧跑来归我

我要为你轻轻拭去额头的汗水
是的，这一条天真的小河注定
紧裹在这一条天真的大河里面

那一晚我在你的背上写字

那一晚我在你的背上写字
撇——点，点，点——点，横折
手指头歪歪斜斜
像小学生，异常认真地拓写
一笔一画，写到最后
画下最有力的一捺——

须得小心写中间的一颗心
我生怕写错，又生怕倒错笔
再不行的话我得重来
可我有多少机会可以重来——

在你河流一样流畅的背上
我相当郑重其事
用手掌抹掉那个已在的字
抹掉又写上
我不管不顾，不出声，含泪，写——

那一晚我在你的背上写字

我写的那个字
繁体,上下结构,满含羞涩与尊严
中间是一颗扑扑跳动的心
密藏在挨挨挤挤的枝叶间

方　楠

相爱的人，一定要朝朝暮暮（组诗）

蝴蝶结

这世上，人多么孤单
人们需要长久的相爱

漫长的日子里，反复练习
——交叉、各自回环折叠、穿透、左右同时用力紧拉
形成一个小小的结

漂亮的蝴蝶结。相爱的灵魂
终将成为一朵会飞的生命

相爱的人，一定要朝朝暮暮

她在那里晃来晃去

果实一样挂在枝头
灯光昏暗
不是为了掩饰已经衰老和丑陋的身体
她的内心明亮，松弛
然后，他们乐于接受这一切
接受时间无情的磨损
是因为他们热爱真实
缓慢的痛，缓慢的喜悦，缓慢的流逝
是慈悲，是恩惠
相爱的人，一定要朝朝暮暮

爱　情

谁也不会把一双鞋子分开得太远
谁也不会把两棵树栽得太近
关于距离
我们深谙此道
人们只是会因为过分幸福而傻傻的
会因为过分饥渴而更傻
大地在喝水的时候，从不发出咕咚咕咚的声音
雪花也不曾错落在某个地方
爱情就像一只猫，悄悄藏好了它的爪子

只有你

只有你
能与赤裸的火焰相比
玻璃杯口盛开长茎的玫瑰
这是树叶都在闪闪发光的四月
许多人搭起穹形的屋顶
我们相爱,生育,繁衍生息
屋顶在对抗暴风雨
嘘——
风正在摇曳树林
漫漫长夜里我们找到了出口和方向

你问我,情似何物

长久以来,我以为
月亮有一张神秘的、引人注目的脸

长久以来,我被围困
围困在月光样一种混沌的物质当中

长久以来,尘世低矮。我深爱着头顶的月亮

味　道

茄子和辣椒一生有三种味道
这并不是秘密
但很多人不知道
早春的展露,盛夏的饱满,还有秋后的垂暮
它们的口感各有美妙
就像我,你不爱我一生,你哪里知道我的好

你　说

你说:我是你枝头上的那只小鸟
可我再也找不到
飞翔的羽毛

你说:我是你心海里的那尾小鱼
可我再也想不起
游来游去有没有波涛

你说:我是你心田中的那朵小花
可我再也看不见
暗夜里的妩媚和妖娆

只想来你的怀中
问你:我,在哪里

有一个地方

我说,我们需要这样一个地方
你早起就来钓鱼
我总是起得晚
当然要养一条狗,对面的山更像一只豹子
它们好作伴
桃花开的时候,我会考虑写几封信
你用这湖水煮鱼
我用余下的日子写诗。你仍然可以一直偷偷地看

沟 渠

分开草尖,和草尖上隐匿的芒刺
人世间唯有爱情,是一场从天而降的春雨

雨在田野中生了根,又会繁衍出新的雨水……
一只看不见的手
轻轻抚摩着田野
姐姐要出嫁了:阳光醉人浮在花田上
沟渠的水,落满了星星的翅膀

刘月朗

我住长江尾(组诗)

在浏家港

撑一篙孤舟
在长江入海口

西边,万里波涛咬紧牙关
滚滚而来
想冲破所有藩篱
奔涌入怀,哪怕粉身碎骨

东边,蓝色沉默无垠
水面微动,是春风轻拂
是海底火山爆发
拼命按捺后的遗漏

江流尽处,我的船
左摇右摆

却坚定不移,在等你

卖秧桥望月

不奢望结果
等你,就是所有的意义

就像卖秧桥
六百年间几经损毁
不作为古迹被保护,被瞻仰
始终作为一座桥活着

月色下,一再驻足
流水经过额头
光洁的面庞瞬间布满皱纹
我即将老去
你,还不来

长江走出的每一条河流
终将回到我的太仓
那抚摸过你身躯的水
和载着我倒影的河
此刻,是否已融为一体

在织女庙

一座庙,纪念的是织女
更是人间的胜利
相比天庭,她选择留在人间的太仓

没有理解与欣赏
不老的岁月是美丽的牢笼
有你相伴
俗世烟火都是诗

十六光年的距离,看不到,听不到
但我知道你在那里
(那里是我们共同的家)
一切就都安好

三百六十四天
漫长又甜蜜的等待已经过去
今夜七夕,我与你相聚

我住长江尾

想变做沙溪古镇的一扇砖墙
经历 1300 年的风雨
再与你相遇
就不会那么无知,那么慌乱

想成为南园门前的太湖石
让那夜的风,从明代起
就在每一个孔洞里反复地吹
思念会变成歌谣,而不是一直默默无语

想化身梅花草堂最初的那株梅
清朝的雪,一定比现在洁白
我让它们落满心田
只待你来,一一读取

想成为今年春天刚刚发芽的种子
种在恩钿月季园
第一次绽放就能遇到你
遇见生命里最美的相逢

我俯下身子
用尽太仓所有的风呼唤你

“我住长江尾”
我在这里，等你

愿我的所有发现，也是你的欢喜

路边的蒲公英、屋檐摇摇晃晃的雨滴
荷叶间滚动的月光
被我一一定格在相机里
我想起那夜的风
曾经吹起它们，落在你的发梢

我小心选择拍摄角度
不确定哪一个会更让你更想我
反复寻找中
我发现了自己最心动的
它的模样

重新开始的太仓

南园回廊下，笼子关着风的翅膀
墨妙亭不畏惧秋风和顽童
强过杜甫的茅草房
踏上州桥，每一次回头

都能发现卞之琳的目光
经过沙溪古镇的深巷
青石板摇晃着欲言又止的丁香

一朵勿忘我，把春天拉长
碗里的白粥歌唱着日子的香
香辣蟹里，青椒红椒山药土豆扮成了彩虹
日常的琐碎是截句
刻在生活漫长的书卷之上

女儿的哭，儿子的闹
就是生活最美好的一面
偶然的病痛
增加了幸福的领悟力
一杯茶，在颜色和气味之外
慢慢品出树种、年份、出生地

如此温柔，如此迷人
这一切
就在重新开始的太仓

张首滨

有一种爱，不向寂寞处说（组诗）

不向寂寞处说

从茧里破出的不是蝶
是一只风，但不去晦涩处

秋深了又深时，有了霜的出现，却是浅
寺庙的屋顶不挂霜，是谶语陡峭
移动的事不趔趄，是钟摆平衡着左右
享受着午后阳光的斑斓，是游人的小憩

而远景在一杯茶的雾岚里，做着偶尔的虚幻
不知从哪里伸过来的松枝，有增无减
在一种事物的额边，一不小心
分出一个枝杈，一只乌鸦又回到从前
在枝头上黑了叫声两三个

天上无闲职，地上无空位。云来回溜达

有蜡烛在明处燃烧，不是在照亮
是在给尘埃取暖。没有被心牵扯的气球
离开现实不远，挂在电线上
今比昨瘪了些。去来时路上的一只蚂蚁
踩塌一座谎言搭的桥，这事一直无谁过问

还没有看见寒。寒是秋身后最大的一块白
“要在这个薄情的世界，深情地活着。”
这是谁的台词。一年中只有一个秋
一天中只有一个夜。门开或关只一个动作
弄出的声响差不多，像一个祈使句

从西边来的雪，是不是霜送来的
总有人要问出一二；这个不是不能言语
只是不向寂寞处说

答在问处

需要你来，你没有来，我恨你
不需要你来，你来了，我更恨你
这是谁在说

田野了，是秋。谁会说这个话
木叶萧萧下，远处的寒滚滚来
霜的厚薄，究竟谁说了算

有花不紫，有虫不慌，有鸟无事一样
天下地上，用早晨和黄昏飞

向火的，闲散的乡俗渴的不是水
问的也不是水，要的却是一个东西，是酒
豪爽，在这里从来都不稀少，捉着用碗喝
浇不透的情怀，悲欢离合也在里面

俗间炊烟难直，风有路众多，四面来
可进可出。大多纤细的民，喜背着风做事
为之整齐弯下腰，这个样子古来已有
这里不做议论

放下累，小隐的人会现身，坐稳寂静
以虚为境：看云起云落，视苍茫为不苍茫
也会拿孤独做稻谷，咀嚼几颗
伴一壶普洱入怀

墙内一枝桃花女，没有了粉红，仍柔软
在窗下守一盏青灯，默默地孤独对孤独
呢喃是南下燕子留下的，就那两句
该来的没有来，不该来的来了
谁是那个该来没有来的

蔷薇花少了一瓣

还不是下雨的时候,云朵在路上
蓝里的蓝就是这个蓝。我仰望一下天
没有想要看的,但听说有一个秋要来
一些叶子纷纷落下

不是蚕的谁,把自己装入壳里
在那里半睡半醒,半坐半卧比在外面稳当
还说在那里避风防寒,不用安窗户
有了窗户就成了房子,那是俗人的做法

有没有神奇的事,比如蚂蚁的眼睛是麦粒
如没有,那就玩一道算数题:白+白=2
黑+黑=2,那么白+黑=几?应该大于2
那为啥?说不清楚的越是说不清楚
就越是那么一回事

不能扯得太远了,还是说近点的好
仿佛有一段时间没有看见大的风
没有大的树,哪来大的风,大的风来了
落在哪里?无处落又该乱折腾

蝴蝶就是蝴蝶,独自飞去
而我看见旁边的蔷薇花少了一瓣

曹有云

就在黄姑塘七夕古老的月光下(组诗)

就在黄姑塘七夕古老的月光下

千年之后
我们总该相信
那暴力之刀
始终斩不断
喜鹊们坚韧而善良的翅膀
始终斩不断
那搭建在天上的信念之桥
和桥上高高飞翔的爱情之鸟
也斩不断流水
这大地上
永恒燃烧,激荡不息的爱情之河

但这人间的爱实在太难
那我们就去天上相爱吧
就在那迢迢银汉宽阔的长桥

就在那天庭金色的蔷薇花园
一起坠入一场热烈、忠贞的千秋恋爱
就像牛郎和织女
就像但丁和俾德丽采

但此刻
我们就在江南唯美的秋天
就在秋天鱼米飘香的太仓
就在那吴王如山的金色粮仓下
就在黄姑塘七夕古老的月光下
爱上彼此
爱上我们幽怨已久的另一半
这里就是人间天堂
就是爱的大地故乡

五朵金花，五场磨难

1

只有一个声音
　　一个微笑
　　一双眼睛
一直坐在一条雪白的长长的木凳上
魔幻主义的红蓝铅笔为一颗永远静默的花蕾

永远激动，并且哀悼

2

你走在阳光里，走在闪烁的春风里
走在油菜花和豌豆花灿烂的星空里

你坐在课堂上，坐在一双眼睛飞动的箭头
你坐在一个少年忧愁的浓烈的火上

3

一条美艳的长蛇
雪白，缠绵而且善良
我单纯，孤独而且软弱
欣然靠近你隐秘而芬芳的庄园
……而你猛然回头，伸长舌头
突然的大口啮咬，寂静无声
你温柔杀人的天性暴露无遗
一个内向，忧郁的理想主义者粉身碎骨

4

你迅速来到我草率的厨房
切菜做饭，一片喧嚣
我知道，这是遥远的土星星座
顽固而残酷的前定

上帝都迟到了我们隆重的仪式

5

不可饶恕土星星座独裁的判定
我终于走到卧室幽暗的后院
看见一条长蛇，同样美艳
雪白、缠绵——
但绝不善良
第三天，她就要吸干
你粘在肋骨上最后一滴血
你仓皇逃亡的喜剧众人皆知

6

大雪纷飞
火焰熄灭
长蛇安眠
婴孩啼哭
白天鹅们在高高的阳台上忙碌喂奶
一只乌鸫全神贯注
聆听一百只夜莺一百次完美的合唱

珍　惜

多少年了
你总是那么忠诚
沿着那条人迹罕至的小路
来反复看我
一只早已销声匿迹的野兽

多少年了
你总是如此静默无声
还保留着羞涩,谦卑
这些古老而稀有的品质
像一只无名的水鸟
行走于荒僻的湖畔

无限珍惜这些不期而遇的恩赐
这些世上早已荡然无存的情节
虽然这一切都是梦境
虚无缥缈
但让我确信爱情
这一神圣事物
她惊人的存在

春之神

——致 SYY

你走到那里
春天就在那里盛开
哪怕严冬,哪怕荒漠
你站在那里
琴键就在湖水的中央奏响了圣桑之《天鹅》
美惠三女神就在阳光里携起手来翩翩起舞

啊,到如今我已年过不惑这才知晓
但丁的俾德丽采不在那空荡的天上
她就在宋庄芬芳的后花园里等着你
和你一起摇荡碧草鲜花编织的秋千
和你一起坐看日出日落,画卷翻飞

但是我也被如此遗憾地告知
诗人们在那虚无的字里行间
在音步和韵脚的古老游戏中
虚掷了珍贵之才华,甚至
误导了青春,辜负了爱情
荒废了人间无量花样年华
使他们和那些偏行的羔羊一道
在黄昏里误入了重重迷雾歧途

可是，那里有危险
那里就有搭救之手臂
你走到那里
春天就在那里盛开
哪怕严冬，哪怕荒漠
哪怕重重迷雾歧途

青花之神

——致 LY

长风袅袅
芦花飞扬
你一身白洁裙裾
斜挎兰花草书包
走过原野

我想
那必是来自光阴幽邃
青花之神
世间再无

青花的眉眼
青花的腰身
青花的气质

风吹啊,长长地吹
青春飞扬
你清香的长发飞扬
芦花飞扬
落满了星星修长的睫毛

而你
斜挎兰花草书包
轻轻走过梦的原野
裙裾飘飘
思绪飘飘

石臼湖

我们是彼此无法厌弃的余生(组诗)

在水边

在水边,遥望是一种罪
想到你,梅花就转过身来
卸下一身烟雨
银簪的面孔探出枝丫微微地笑
节制的光阴像火把
释放出疼痛的光

寒冬,南方更适合冥想
更适合在别离里奔波
小窗口的呼吸,草根里的欢颜
只有手语能听懂
一次次越过诉说,在必然夭折的眼神里
用睡衣包裹突然遗忘的碑文
感激不舍昼夜的虫鸣

在水边，泪水站立的码头已消失
你爱上的荒野布满了道路
每株草还生长在童年
我用一次次跃下，抵达安静
抵达你的咒语
让波浪承担谋杀的罪名
任一些花粉散落在叶子的命运中

是与不是

身体里谁种下的蛊，谁留下了毒
打开唯一的门，推开所有的窗
没有白天和黑夜
不是所有的花都会结果
不是每一场雪都会与你相遇
零星的白发，是时间点燃的火焰
列车穿过隧道，是尘世茫茫
是重生

这里只是今天，不是今生
是怀念，与昨天告别
任汗水流干，不是把杯子倒空
是把身体注满
不是飞翔，是停下脚步遥望
不是留下，是随时都可以远行

清晨，草尖上的霜藏下了多少心事
坐上公交车，像是回故乡
松下紧绷的筋骨，时光是那么安详
登上山顶，不是去与云相伴
是被天空照亮
是让你看见我——

荡　漾

在湖边，风吹动我
固执的梦境由来已久
是一面镜子，一张老照片，抑或是一扇门
你是湖面尖尖的蓝
在每个清晨生发出梨花的酒窝
和绵长的辙痕

幸福来自雨后的轻触
在流水的肌肤上留下你的名姓
门环，眉笔，金钗上羞涩的指纹
抱紧桃花的遗言，从青灯的缝隙中采摘波澜
苇丛腾起细浪，路迢迢
明月婉转

黄昏临近，你投下一颗石子
我投下一颗石子，我们坐在湖边

看着涟漪，静静地荡漾——

时光还在

深冬并不寒冷
有一件袍子刚好裹住夜色。
说再见的不是我，说爱的也不是我
前半生锋刃上写下的誓言
和泪水一起结成了冰
挂在北风忏悔的眉梢。
偶尔传来的虫鸣是我前世的绝唱
庭院里还有数枝梅
伴着月色，幻化成大片的说辞
如我的沦陷之所。
屋子里还有笔墨
写下的，都是今世的疤痕
是呐喊，抑或悼词。
窗外的银杏树叶早已落尽
时光还在，像顽石。
多么好呵，还有明天
还会饥渴，还有弯月与落日陪伴。
雨水很近，雪离我们不远了
和桃花只隔着一重山
枯萎和生长，只是一次呼吸。
此刻，我把自己摁进睡梦中

谁将在黎明把我唤醒?

两盏灯

遇到,已是深冬
雪还没下到江南
我要放下远处的寺庙与塔影
放下静默的树林,喧嚣的街灯
放下午后的阳光、盛开的梅、墙角的冰

在小镇,停下来多说说话
或赤脚,狂奔,卷入旷野
再从暮色中悄悄弹起
清理掉身上的皱褶
含着笑,我们就是两盏灯
彼此照亮,献给余生

约定

苇花谢了,雪就要飞舞
失眠的人开始冬眠
醒来时,只想看到你从花轿中走出来
笑着,是我的梦中人。

林火火

银　河(组诗)

银　河

彼岸花开得繁花满枝,而我的马匹
已走失多年。在秋天到来之前
一只蚂蚁遇见另外一只蚂蚁
一群蚂蚁,都望见爱情
它们用见过爱情盛开的眼睛,温暖地看我
我想起了七月的银河,和你站在风口的模样

在树下,我等待一片花瓣的砸中
在那之前,我的身体里
没有风声,可以穿透

在那之前,七月的河流
来来回回奔走了很多回
我在河水里见过镜子
我伸向它的时候,它就碎了

它就被风吹得纷纷扬扬
像擦不干净的泪滴

眼泪从一数到百,还带着余温
这红色的触摸,是深海里游动的火光
我需要一场战役,来获得江山易主
于火之尖顶衰败,于销蚀中磨损
于沉默中,反复老去

织　女

你说我是金命的女子
要在七月被赠予火把

可是
我的算命先生

从七月开始
从血液开始
从一次次固守的内心开始

我总是信你
总是信命
信它足以宽厚
容得下羸弱的身子和倔强的骨头

又足够瘦削
刚好包裹一粒火种

七　夕

如果下雨,就下一点小雨
要沾衣不湿

如果,再有点风
最好吹得若有若无

如果,你来
要趁这一秒的银河水
还没长出锈色

那　时

那时,桃花干净
不曾长出青涩的果实
也不曾有长满皱褶的内核

那时,我站在一场繁盛与凋落之间
时光短暂,却锋利如刀

我掏出心来，夜夜熬煮
一些难以抵达唇齿，一些又难以磨灭

那时，月色潮起，你却开始沉落
我学着占卜，预习与你的分离

那时，莺飞草长，我还不曾老去
即使日子熟透，果子纷纷掉落
也不想抚平不肯，哪怕
以自虐为药，疼痛熬煮
都不想被治愈

那时，我还不愿意老去
哪怕果实纷纷掉落

秋　水

你给出明月，给出触不可及的艰难
给出疼痛的潜力，让我满怀羞愧
却又无可救药地爱着你
身体里跑出的暗夜
从灰尘里升起，又在月色里跌落
它坐在湖面上闪闪发亮
请触摸我的心跳啊！秋水
这一刻，我把天境湖想瘦

这一刻，天镜湖草木丛生
但它们，都不及一场灰心来得可歌可泣
我从没有见过它们如此齐整地期待着
我的一念之差，以及不愿相背离的灵魂
因疼痛而失语

存　在

给我千里之外的鹅毛，给我鹅毛上的雪
给我一个温存的耳语，给我失落的骄傲
和汹涌的卑微。给我生、给我死
给我一场盛世，给我盛世后的老死不相往来

给我初升的太阳，给我燃烧的月亮
就像不曾给过，就像千里之外，盛世里鹅毛上的雪

乱　世

一半用来热爱，一半用来厌倦
我一半的身体正在经历疼痛
不曾对你说出的心思
不曾掏出深藏于泥土里种子的疼痛
在半生之后，成为乱世

时间卷成的利器
一半晦暗，一半流淌着不朽之光
只在夜色里出游的昆虫，被逐一唤醒
它们一边哭泣，一边歌唱
——明月有形，而人心破旧
需要有怎样的热爱，才配得上
这现世里，众生的孤独

火　焰

你把葡萄放进瓶子
你把爱情酿成了酒
我听到爱情流出的水声
我把水声抱进了怀
我把你手指经过的温度细细揣摩
并与它们一路接吻一路起伏
直至在瓶口
与你的唇相遇

你把自己燃成火把
你把火把写成了诗
我看见诗里熊熊的火焰
我把火焰抱入了怀
我把自己燃成柴禾
我"要跳舞

要在透明的火焰里
变得像灰烬般轻松”

相　思

哥哥,眼泪是你留给我的孩子
当我想你的时候
它们就跑出来陪我
还把我画成花脸
当它们跌落在相片上的时候
哥哥,你的眼睛也湿了
可是,你啊
却依然微笑

生病的江湖

闹钟一直不响,天一直不亮
风夹紧尾巴战栗,以施虐者的罪名
将月光下的涟漪一遍遍翻出
又在起伏后丢弃

从来就没有被宠溺而老死的爱情
也没有在水榭里等待我的浪子

丧心病狂，也只是一片树叶
轻得一句话，就能让它和秋天成了仇人
你体内的骨头，也被打磨得瘦削如刺

这一定不是百年前我钟情的那一瓢饮啊
而是我生了病的江湖！

风

风在离开
哥哥
天就要黑了
请收留我的肉身
在星星找回白天之前
请保存好我的锋芒以及瑕疵
风正在路过我
天就要黑了
一些来不及赶来
一些正在离开
哥哥
风正在吹过草原，辽阔的海
它唤醒草丛里蛰伏的刀光
那不是野兽，哥哥
他是未被我们喂养的孩子
你随身携带，而长于我的肉身

风正在离开

天就要黑了

哥哥

风成了四季

周　玲

我的爱情(组诗)

我的爱情

像一些虚幻不实的东西,你
假借玫瑰的形状现身于我
并在我的周围不断繁衍
开花结果

我是如此热衷和依附于虚幻不实的东西
来印证和感知我的存在
像叶绿昭示春天雪花舞出冬
像饱满的今天,源于未知的明天
又演化为虚幻的昨天

花朵蓬勃而娇羞
葱郁了荒芜的岁月
凄冷的梦境有洒落的花瓣
看不见的芳香,穿透灵魂

我心无旁顾,又一次次地邂逅
培土,施肥,浇水,
我是如此认真而虔诚
像老农之于麦穗

我抓不住时间的点滴,任水东流
像一些虚幻不实的东西,爱情
你灌溉了我的前世今生

你让我实实在在
每一天都握着太阳和月亮

我只在乎你

发现忙碌是个好东西
可以挤掉许多无聊的想法
一些本该忽略的小情小绪

所以把事情排得满满的
所以不看微信不看朋友圈也不看
风云变幻的天空
所以只关注飞奔的手
弹跳的自如拿捏的快慢灵巧的程度

所以把一切看得如此自然,又

如此享受无常之外的突兀
来不及渴望来不及思索来不及搬弄是非
明天就这样直挺挺闯进来,未来
就这样替代了现在

就有那么一天,一个敲门声
目光穿越时空。你让我如此庆幸
多年来没时间生病,更
没时间死去

风在吹

风在吹
像你粗重的呼吸
掠过踯躅的无奈
不停步

风在吹
在每一个时间与空间
在每一次相聚和分离
在大洋的这边或那头

风在吹
在你身前与身后
在你的左侧和右侧

在你的头顶和脚底
无处不在

风在吹
我们,无处可藏

我曾用心对待你

那么平凡,像雨落进泥土
滋润,无声
那么奇妙,两个圆从相切到
相交的距离,除了缘分
没有什么可以丈量

一滴酒
焉可回到葡萄
斟满纯酿的玫瑰紫
开放于唇间。熠熠
光辉漫过双颊
照彻心房,门窗
推开锈蚀的锁
不再设防

春风如约,拂遍
每一粒经年的种子,苏醒

抖落发霉的尘埃
翻新的土地松软飘香
敞开的胸怀啊,任由栽花种柳

我愿意伴着光阴
听山涧与石头唱和

这一刻

这一刻是如此突兀
钟摆在一贯的循规蹈矩里
击中十二点以外的目标
规定落荒而逃

这一刻是如此漫长
加快了心跳的速度也赶不上时间
不紧不慢地投掷于广阔
黑暗里伸手不见五指

这一刻是如此短暂
忽略了你的到来
慌乱的神经外
还有一个世界存在

等　待

眼前的荆棘古老而错综
团团而困养成不变的慵懒
窗外的山林湖泊被尘世渲染
屋内星光一点蓬荜熠熠生辉
我就在这里，细数时光
等你归来的消息

岁月的更替也未能抵达
梦里几度鸿雁南归
弹弓紧张箭在弦上
我要你即刻飞抵
捎上融化一切的力量
拉开黑夜的帷幕
轻唤我的乳名

呈现，以打开界面的方式
只轻轻一点，就像
一尾鱼淹没大海

七夕的雨

断断续续的，你就这样来了
像我走走停停的脚步
唧唧沥沥的，你就这样诉说着
像我越走越远的爱情

夏天的轰轰烈烈就此成为远方
灰色里逃遁的云朵像我牵绊的眼神，不时回望
一阵一阵的闷热撞击着心岸
一场雨正在浇灭还在燃烧的野火
我如何能抓住，在火光里逃遁的背影
共同祭奠，开满鲜花的一场梦

今天就是七夕啊，谁的泪
就这么忍不住地流
牵不到的手像一枚滑落的邮戳
不能寄出的心事
在银河的另一边，在厚厚的云层里
埋下星星的种

沙　克

致太仓

三角洲水多土沃。太仓，太仓
柔美遍野，爱你茂盛弹性的三角洲

太仓有灵，有通灵的织女庙
太仓的银杏树枝络着那颗星光的裙带
乞巧的眼神隔河生情
爱你连夜织出七夕的蛛网之妙

长江口，郑和船队出海去了西洋
爱你长江口和出海风浪里诞生的娇女

青蛙，鼓腮歌咏，才子，手绘丹青
在这里，爱你舌头和手，造化了私塾书院
领出许多进士、诗章和鸿运
结成一户户桃花盛开的家庭繁荣至今

还爱你交汇天地、江海的两股爱的能力
生产大群美过上海的秀色
太仓婉约，清新，太仓多蕴含
换口气——爱你昆腔从糯软到高尖

杨延春

织　女(组诗)

织女泪

丁酉年,黎明村菜市场门外
遇见一位拉天仙配的女子,成天坐在河边
把二胡拉得像一服药,据说她的丈夫
在广东塑料厂做模具师,过年才回来一次
和她团圆,种白菜,今年没到过年
他就回来,一句话也不说
委屈地,躺在盒子里,她已经习惯
过年重逢的日子,她接受不了
不打招呼就回来,于是成天坐在村口
对着来来往往的人群,拉天仙配

织女庙

前年去太仓，拜过织女庙以后
一路上有些恍惚，我知道独处的女人
越来越多，有的在街头流浪
有的一辈子没出过门，她们的丈夫
在很远很远的地方，挖煤或者打小工
一两年见一次面，这样的命运
是织女的命运，我把这些人
统计为织女甲，织女乙……
一路上数过去，于是见到
一村一村的织女，一城一城的织女
太多了，像无数个转世的织女

织女梦

我无限憧憬的是，过一种男耕女织的生活
仿佛那样，离尘嚣的世界远一点
这一理念，至今仍影响着我
因为属牛的缘故，多年来，一直苦苦寻找
心中的织女，常常对着一个打键盘的女子发呆
以为她手下的键盘是一架老式织布机

有时候悄悄跟随穿茶服的人,素衣素娟的人
从古道跟到一座生满绿藓的桥头
有时候听弹古琴的人,希望她能弹出一匹布来
有时候对着一位扎云簪的女子施礼
恳请她,以金篦划水,渡我过河

织女歌

心爱的人
我想和你过一种男耕女织的生活
织着布,耕着田
天亮爬东山,黄昏去菜市场买瓜果
日子像清水一样慢
日上三竿不要紧
我唱耕田曲,你哼织女歌
栽青松和杨梅,种一垄娃娃菜
累了坐在树下
不为功名,只织布
织你手里的粗布
哼唱归去来兮
十指相扣,走向老屋
你为我卸下犁弓
我为你披上蓝衫,不问去向
不关心将来
只有你和我

在茅草屋里织布
机杼三叹,生命短暂
风吹着今生
也吹着来世
心爱的人———
我想和你在织布声中
俭朴地老去,如敬地老去
老去,也不要紧

辑五　人海里有牛郎织女

白小云

人海里有牛郎织女(组诗)

两颗水珠

快相遇了

感谢荷叶托着我们,轻轻摇晃
阳光从远处过来
照射在我们的小窗户上

感谢水草簇拥、安静地衰败
我们得以看清自己
在滚动中消失又出现

感谢世界柔软
我是一颗也是两颗
或者无数颗

我们尚未相遇

再小的荷叶也会太大

但快了
我们已经在世界的同一侧面

在倾斜到来之前
我们还有漫长的永恒

失踪者

——银河边

距离上一次相见已经太久
想不起当时舍不得放手的原因

哭泣是梦里的事情,在你面前
她始终是咧嘴大笑的姑娘

怎样的表情让你们互生愤恨
而选择与彼此告别
无非是你不愿伸出敏锐的触角
去往她星光闪烁的夜空

她邀请你的手握住了空气

你的目光望向远方
——哲学家打开了一扇无尘的门
她不知道

是的,我记得她爱你
曾如小蘑菇长在你的树枝上
为你每一片绿叶撑一把小伞
也如流水拥抱溪石,怀抱之满一瞬即逝
忧伤汹涌如它自己

现在人群热闹,画面空空
我们想不起最后一次你们站在一起时
倒影在月下何处

幻　手

把有从无中搬出,展示给她
让有瞬间变无,展示给她

金鱼兔子纷纷出场
从虚拟的大海
奔赴看不见的草原

她刚刚放进手里的金子
一直在别人的口袋里歌唱

仿佛生活的惊喜源源不断
她握住他伸来的手，温暖
真诚的交代过后，他消失了

她沉浸在奇幻的魔术中
爱上骗术精密的结构

挥手间，鸽子从他手里飞出
她展翅时，听见他们惊呼

写　诗

像随手采下一朵鲜花、
呼吸一口空气、吞咽一次苦闷
海风呼啸地动山摇

你来，不需要我冥思苦想
你离开，我没有念念不忘

来到世上就是为了寻找太阳
为了爱你、也爱爱你时的我

——想写这样一首诗：
轻松地做梦，然后随便道出
神在头顶哭泣，等我

递给它一句催眠曲

谈　和

终于可以柔软下来,我说你
料想的地狱并不存在
你在其中住了太久

冷漠只是出于惯性
他们被捆绑在身体里
拒绝微风时也拒绝了自己
我说你

应该知道
他们有时被关在你屋里
强硬的门没有钥匙
碰上就碎了,无法再找到

我的神。你呼唤虚无
想想世上的爱吧,倾倒在酒杯里
饮尽不过刹那

而玫瑰不必知道自己是玫瑰
最美的时候,它在深渊

救你的人你看不见

不存在的人

他有高处的星空、深处的世界
他爱尘世的谋略和占有
洁净的眼里火焰燃烧

流水经过他，搂住他高大的倒影
深渊是被搅动的宁静

两个世界相连在虚无的门中

陌生的仰望多么纯粹
——他的世界流水不需要懂

北方西方

为长久沉浸在浩瀚思念中
为离别一种被执拗包裹的爱
为躺在抬头可见星星的山坡上
让藤蔓植物的小爪子爬在
柔软的胸口

水,在命里驱遣
我在大地上流淌
去北方、去西方
直到它说停下

灵　感

爱你,却找不到那个爱你的词
流星划过夜空,光芒突降人世

你们惊喜又疯狂,而它只是匆匆

水滴剔透,吞含整个世界
它垂挂在万物之下
拒绝述说,也拒绝沉默

水回到水,滴答

被时间吮吸的
皆无处可寻

如同爱你

天　天

这一世(组诗)

这一世

恍若你一直在此处。
细雨打湿旧门窗，春天又一次
葬身重逢里。
看看，又是一年，
树下的张望被切割成大海
雪，空无一人的深谷……

繁花已落下，别说那是浮屠，
万物如此虔诚，这动荡，
这寡言深处的孤城被一点点擦去，
一杯浊酒，隐约映照着自己。

某一刻，黄昏涌来，
树下的人几乎成了一座深渊，
走过的小径，已化作荒凉的肉身。

雪和大海

融入你。把一整夜的黑倾倒在
爱与不爱的悬崖上，
直到东方渐白，直到万物长出
有所依附的样子。
而风声如弃物，草木如游子，
雪只剩下一张稀薄的脸。

远方，有落魄的小镇，
有毁掉前程的少年扶着另一个自己。

是乱世，是某个时刻递过来的手，
“磨去你，覆盖你余生的山穷水尽”
是的，我想去看你，
在雪和大海无声哭泣的那一刻。

清　晨

清晨和你站在一起，
屋后有白杨，时光在咀嚼
一张日渐萧条的脸。

五月,我站在原野里,
空旷要把我往绝路上逼。

野树悬在初夏的余温里,
有的茂盛,有的正在死去,
有的成为奔向远方的棺木……

清晨的衣裳空在那儿,
如一座森林,默默流淌。
而你,是一支寂静的队伍,
正把自己送往隐秘的深处。

月色如水

你是风,吹着旧音乐,
吹着植物间正在枯萎的交汇。
更深。露重。
剔去一波又一波涟漪里的骨肉,
而四壁空空,就像一段经文念到此,
像一个人走在孤单的巷子里。

就荒废到这里吧,
一截朽木,一些词,
一座心慌的废墟……就到这里吧。

你是旧址，抚摸着放弃过的茫茫人生，
我是你，赤裸着双足在四野奔跑，
像一个凉透的终日流浪的伤口。

月光下

尚未从隐喻的丝绸间醒来。
斑驳。交错。
高大的树木仍然留在原地。

是鲜衣，也是怒马。
层林尽染，那是你，
在荒废的纸页间砌墙、挡风。

那是最后的夏天，
四野都是归途，都是生死未卜的灯盏
我，在树下，
渐渐成为世间最稀薄的那部分。

凌晨四点

推开窗，雨声就要湮灭未握住的光影。
远道而来，又远道而去，

——隔着初夏的馈赠,又虚度了一日。

这一生,仿佛错过了太多,
被束紧,被松开,
被一句肺腑之言留在荒芜的小径上。

天未明,一座雕像站在那里,
任由洪水滔滔,
院落死一般的寂静,昨夜,
听说南风浩荡,听说你要走……

张敏华

隐忍之爱(组诗)

放　生

关于黄姑塘村,还能说出多少秘密?
在太仓城厢的地图上,
我们一起按图索骥。

"哦,金风玉露……"那细小的
血脉,涌动着爱的暖流,
我们取下自己的肋骨,为情所爱,为爱所魂。

这是爱的源头,每一朵纤云,
每一颗飞星,都折射出
爱的光影,见证更多细微的悸动。

我们取下胸前的玉石放生于银河,
银河之水把朦胧之月越磨
越亮——夜空如此晴朗,高远。

回　应

黄昏，一只伏在窗台上的猫
回应着你的疑惑——
“我们活着，越过了绝望。”

为何不能实现我们最初的愿望？
“越善良，就越受伤害。”
像是夜晚，蝙蝠撞见了我们的孤独。

我们被上帝寄存在这个世界，
人生仿佛一场暴雨，
爱情也是。

是循规蹈矩地活着，还是
像秋天的野葵花
被砍下，摆脱内心的不安和挣扎

离　别

又是我，在午夜醒来。
你不在这个夜晚，但我们都曾在那个夜晚

疯狂地爱过。

故意把门反锁，或虚掩，
在乎你，像墙上的钉子，或地里的
萝卜，不能自拔——

但你不在这个夜晚，我不再心存疑虑，
静如茯苓，安心或定神，
如你所见，隐匿于各自的夜晚。

有生之年的秋夜，
鱼鳞般的天空，不设防——
放下你。

白　描

如你所说，爱情可近乎白描，
我们再也不需要记住过去，说出真相，
“不再有内心的对立。”

为情所役，我们曾在彼此的
血液里举行婚礼，
送走一些死，迎来一些生。

其实我想要的，就是当夜晚降临时

和你一起信步回家——
素食，健身，一个小颤抖。

“谁爱得更久，谁将重写人生。”
多年后可以什么都不想，
——时间也不再伤害我们。

归 来

隐忍之爱，像站台上的地铁，
离开之后的
归来：深呼吸……

唇齿间留下星巴克摩卡的香，
你格子红的衬衫，
因我的滋润更显潮红。

日子滑过沙漏，我们不再轻易
转身，为爱所累，
自省平生，如是释然。

“只缘身在此山中。”
——纵情之处，你的身
成了我中年的山。

忍　受

看着树叶变黄，我们忙着挽留，
但它们还是在风中飘落，
岁月枯荣，我们与黄昏默默

相视身边布满的爱或敌意，
在时大时小的雨声中，
我们抗拒漫无边际的茫然。

灯光下，我为你拔出体内的钉子，
即使留下鲜血淋漓的伤痕，
今后也不至于留下生锈的身体。

哦，请原谅我们寻找真爱真情，
忍受撕心裂肺的蜕变，
一种决绝，任性，不计后果。

接　受

我惊讶于你的先知先觉，
听风，看雨，愿此生

你懂,我也懂。

每次我从你的上游追溯到下游,
我忙着撒网,缠绵
——水深,缘深,情更深。

给你玫瑰,我接受它的凋落,
给你钻戒,我接受
它的遗忘,打捞,珍藏。

我还给你依稀可辨的幸福,
接受你的更年期,日渐
老去的容颜,生死相依的晚年。

萌　　生

再次写到你,写到爱,
写到草长莺飞的初夏,
我对你的一意孤行。

解开银河的纽扣,万匹月光
让我透不过气来,
翻飞的鼻翼嗅到了欢爱。

还有迷狂。在饥渴的途中,

重新萌生爱念，
——在你微扬的唇边。

为生命中的约定，
以自己的方式活着，爱着，
多么艰难，不易！

王爱民

七夕，云朵里回来的一亩薄田（组诗）

过七夕的五种方式

1

和虫子坐在黄瓜豆角架下
听牛郎织女的悄悄话
把自己听成一滴雨
听成泪人的一滴泪
回头已是一生

2

有云朵里回来的一亩薄田
三月大长胡须的玉米
被母亲当成苦孩子斜抱在怀

一切长势良好
圆的像老磨盘,弯的像老牛角

3

牛哞伟大,说出人类的预言
瓜秧向高处摘星星
油菜金黄的油灯熬尽
把蛐蛐声当水声
荷花趁夜色加紧在身体里灌溉

云吹向你,非漂浮之物
如豌豆出阁,一夜一个杈

4

一把木凳坐在木头的影子里
一朵花从墙根牵出一头牛

我们坐在一朵花里,会认识更多花
会看见两颗星星,要把银河水
舀干

5

吃点苦瓜、苦菜、苦荞
听牛郎织女的相思苦

一种苦，解万般苦

回到当初的小院里男耕女织

高处薄凉啊
莫不如就回到当初的小院子里
男耕女织，听昆虫闲唱——
夫妻双双把家还
满院花朵都是你们的孩子
青山青，白云起落

七夕这天，有多少双眼睛
想把星空看透，把一条银河看干
人间喜鹊和它们叼起的树枝
都一步登天

葡萄架下
葡萄瞪大眼睛紧紧拥抱
听悄悄话的人，听到了自己的心里
咯噔一声

一年又一年
人们把珍贵的相会期待成了泪光
相思瘦成弯月，一道银河隔开了爱情
这爱情的元凶

又一年年填平一道心灵缺口

夏天有爱情的秘密

老牛反刍,在胃里翻动漫天星斗
萤火虫摁亮屁股上的灯,身子比夜明亮
向一棵老槐树说出,我内心的打算
不要被草丛里的蟋蟀偷听

黄瓜架下听牛郎织女的悄悄话
夏天的秘密长出粉刺
叶子伸出院墙
一颗南瓜躲在怀里睡掉头花
一把扇子,折叠又打开的谜

睡下很晚,聚在门前大树下
看银河隔开的两颗星星相会
几辈子看不完,越看越伤心
也不舍得揣回家。过堂风吃下中药
灶膛里扒出的蝉声还很亮很烫

眼睛里盛满水
西瓜切开　滚出满天星星
满园蔬菜和粮食
都是两个苦命人用泪水浇过

都鼓出了饱满的白云朵
头一口奶水很甜啊

七夕　最长的风吹我们一次

把最好的词语用尽
纺织娘叫声是一句句谚语,既旧,又新
让七夕最长的风,吹我们一次

明天开始,阳光要早一点缩回躯壳
流水带着镜子捡拾星星的碎片

院子摆供,馍要白
草都实心,要把爱情送得更远

躲进荷花的屋檐,身藏冬天的冰雪
神奇传说是穿堂风
一味半夏,十颗薄荷

叶子宽大如一匹布,摊开手掌
坦白一切,飞起来就是翅膀
葡萄向高处摘到了甜蜜的星星
西瓜一夜收藏了经过身边的流水

一块云,含雨,含雷,也含沙

敲开闪电的骨缝，一块落地的云
继续吹。流水让出道路
作品盖过了肥大的评判
萤火虫被大蒲扇越扇越亮
仰望星空的人，胸有丘壑
书卷半掩，被风又翻一页

尤效清

我的爱是一根小小的火柴(组诗)

今夜停电

所有的事物逃遁了
光明　也有一套隐身术
只剩一个火柴盒大小的空间

只有两粒红红的火柴头
平稳地躺着　两根纤纤玉骨
各自抱紧体内的火

不必担心夜的磷片会划伤
两颗心跳　押着同一个韵脚
依然像隔着旷世的距离

或许有一天　火柴盒大的墓穴里
会存放两根干净的骨头
那闪烁的磷火　终归要点燃长夜

茶

见面时　必须学会采茶
你水波荡漾的明眸里
春　在悄悄地吐芽

更多的时候　往思念里
抓一把汉字放几粒红豆
生命如水　流淌成一条美丽的河

有时候人走了
茶未凉　那100℃的沸水
总是烫伤杯中的月亮

总是　还攥紧往事的残渣败叶
把一个苍白的纸杯
舍不得丢弃

钥　匙

有时候性子急
一用力折断了筋骨

有时候寻寻觅觅　穷其一生
也找不到一把配对的锁

有时投错了锁眼儿
一失足成千古恨

有时候　把自己弄丢了
让一颗铁石心肠流泪　默默生锈

最好的归宿是　缘有头
冥冥中会遇见适合你的一半

像一颗蜜蜂打开鲜花
像一道闪电打开雷声

红月亮

其实　你也是肉体凡胎
跟我脉管里的血　没什么两样

其实高处不胜寒
人间是天堂天堂亦是人间

其实　两情若是久长时
何必在朝朝暮暮

有一场约会就够了
晾一晾伤口就够了

大不了捂住痛大哭一场
咳出一腔玫瑰的血　从头再来

今夜，我给你写诗

其实　不需要洋洋洒洒鸿篇巨制
只完成火柴盒大小的一首就够了
每一颗字　都是易燃的火柴头
又像是我种下的一粒粒红豆
其实　只需要火柴棍那么细小的一句就够了
每擦燃一根　都要划伤夜的磷片
宛若一颗流星一闪而过的灵感
其实呀　只需要火柴头那么简单的一字就够了
但是写了涂涂了又写　我怕
我怕一不小心烫伤了你
成为千古的罪人
我火柴盒一样平凡的人生
就是在不停地自燃中保持着完美
保持着一根火柴到另一根火柴之间的距离
纵然　纵然燃尽最后一根
亦是一堆干净的灰烬

陈鱼观

习惯你，一个冲突的精灵(组诗)

秋风辞

听说你瘦了，瘦成了秋天。
如果再瘦去一些，我就能将你抱起
放到蒲公英上面飞。
白色绒毛织成的裙子拂过水面，
月亮在波心荡漾。
等瘦作一滴水，我就陪你去西汉，
那里有黄金的房子，年轻如痴的彘儿
击筑而歌："兰有秀兮菊有芳，
怀佳人兮不能忘……"
可你选择信任秋天，
夜读书生还没来得及
吹灭蜡烛，你就已与秋天一起离岸，
皱纹纠结，错杂的脚印。
不知你后来的模样是否继续向瘦？
安魂曲只剩一个声部，

黄叶纷飞，不相见的知音。

口红记

她把所有声音堵在天亮前，
用口红在嘴唇上画另一张嘴，
一把火，篡改的春天。

当我读不懂湿热的词语，
她就把嘴唇噘成印章，
烈焰承诺不过是伪装的春色，
口红沉积太多拒绝。

春天的雨一夜接一夜，
理想主义是一层洗不去的铅华，
她睡在肉色的床上，
世界压制在一片红唇之下。

天黑后，她穿起了红肚兜——
口红是泄密者。错杂的唇印间
有我无能为力的爱情。

蝉的爱情

修不成正果，就修一种妄想，
蝉的爱情从来都是生命的祭礼。

每秒钟一万次的呼喊——
掀起一阵暴风骤雨，无休止的怨叹。
从狂躁到悲鸣，蝉的雄性体液
涂写着午后的墓志铭。

用一棵棵树排起的竖琴
缀满了褐色的无名弦。
死亡是一张入场券，
每天有无数场音乐会在向蝉告别。
同一种声音和旋律，穿过急促的间隔符，
一片落叶，秋天的寿衣。

如果妄想不能继续下去，
就结一个蛹，泥土是绝美的晚餐。

习惯你，一个冲突的精灵

首先习惯离弃，然后习惯归来
渐渐地，习惯从世界边缘躲到更远处
去习惯那里的腹语
习惯单相思，在高脚杯中加入
嘲讽，虚伪，过度的热情……
妄想。平庸的高傲
我终于不能挑逗一朵花的开放
只能让她习惯我的悲悯，一颗被麦芒包藏的心肝
现在，我将收集所有的习惯去习惯你
一个冲突的精灵

白色的是相思云

你在江南水街的茶肆喝茶
我在天涯的风中想你
你喝茶时最耐看，撩发，低头，抿嘴
浅尝，茶香就到了鼻尖
你再饮，风就有了微微的颤动
加强，尽力地吹……
然后我就用力的想，相思细胞沿着发根逃出来

一杯茶还没喝完,风就已大作——
将我头发一根根竖起,黑色的是相思林
白色的是相思云

许梦熊

鹊桥仙

——太仓黎明村七夕纪略

01

遥远的爱都会成为星宿，
人们把浏家港当作一条黑银河；
牛郎和神牛像迁到娄西村，
织女庙仍在黎明村
隔着数里的波涛互相凝望
仿佛在天上，他们也曾这样注目。
金篦划开的河流无法重渡，
乌鹊飞来搭桥，佳期唯有一夕；
百感交集成了百沸河，
两情若是久长时
只有朝朝暮暮才能见证，
我们并没有厌倦各自日渐衰老。

02

当我们像两只喜鹊降落在黎明村

河上只剩两个桥墩和一块石板，
枝繁叶茂的银杏在黄姑塘桥的东北边
仍然默默生长，历史悄然滑走，
可是爱的艺术年深日久
如同一丛小银杏向上探索着星空。
谁不乐意寻找自己的起源，
从梦的一面朝着现实的一面试探；
它会改造我们的心灵如钟表，
以后每一声滴答都意味着爱的步调。
我们永远渴望与人为善，
愿有情人终成眷属，而不是
隔着一条黑银河，互相望眼欲穿；
惩罚也会因此变得可笑，
除了不爱，没有任何东西能够阻止爱。

03

四面八方成百上千的香客
有的乘船，有的坐轿，有的步行，
他们叩拜织女，向她倾诉苦闷；
说唱的艺人彻夜张开喉咙
就像永不停转的唱机
将宣卷上的誓言一遍遍播放。
商贩们永远忙碌，因为饥饿的相思
让人胃口大开，舞龙队在前进，
上百条鲜艳的蛟龙赶庙场
朝着神圣的曲目摇摆；

女孩吃巧果，染红指甲，将艾草
投向屋顶许愿，槿叶绞成汁
洗濯她们乌黑的头发，
爱情来得比风暴更快，更猛烈。

04

从遥远的海上归来的水手
他带回古老的贝壳以及精致的发簪
想要博得你的欢心，织女庙前
两个人早已缔结的盟誓，
让一切等待都变得更加庄重。
不要忘记天上的星辰在眷顾爱人，
月亮悄悄改变，悄悄恢复；
历史如同一个变迁的地址，
但我们仍会找到它所见证的一切，
爱情的作用胜过人山人海，
每个人追随命运上下起伏。
在黎明村，织女已经织起情网，
它网住所有的情感与理智
直到我们以此为荣；
白云在青天，可望而不可即，
每一个世纪都应该为爱而来。

05

我们在太仓的梦中相遇，

彼此高竖耳朵倾听绵软的吴语;
太仓的肉松骨头和燠鸡
你不会忘记,昆曲动人心弦,
白茆河在寂静里蜿蜒。
柔情似水,佳期如梦,
这也是缠绵悱恻的最后一个夜晚,
谁能够忘记织女的那双眼睛;
它比海更深,比梦更沉,
黑银河就在她的目光里闪烁,
伟大的爱情都有种子
它会唤醒任何一个人去尝试
爱一个人直到粉身碎骨。

刘桂红

七夕，七首诗

记　忆

银河那么宽
喜鹊一年只飞来一次

对岸人的样子
越来越模糊

路过的光阴，每天
都会来取走一些回忆

真怕有一天
已记不清他的样子

那时
我要如何去找他？

织女庙

织女庙的钟声
把桐花敲开了

偶尔的三两朵落在屋檐上
安抚着老房子的寂寞

有没有哪一阵钟声
能超度爱情

人来人往

从这头走到那头
比树上的合欢花还要拥挤一些

酒香被熏风劫持
流水送走了故人

摇船的女子
把小河划成了天河

穿　行

走下桥，灰墙的影子
顺着太阳走
老房子有简约的性子

安静地走在小巷
安静地走上小桥
安静地上船
湖水，把青砖黛瓦
摇碎了，又拼成画

有人靠在葡萄架下
静守着一个约定

有　约

茅舍造好后
为我种棵梅树吧

竹篱蓬草
就在一步之遥

七月至,琴声起
打开一坛梅子酒

天镜湖

我们在七夕坐上了船
船娘似乎和我们开着玩笑
船一直在水面打转
始终抵达不了我们要去的彼岸
于是,我们放下对人生的讨论
安静地看向水面
水安静地听芦苇拔节
芦苇安静地听水鸟欢叫
如果不是那阵风吹过
我不会听见,你胸膛里
发出的心跳声

闲　情

一炷香的功夫也好
带我去看看夜色

星子、流萤

溜河风

山路尽头即是空谷
一只鸟召唤着另一只

袁东瑛

打伞是出于誓言的需要(组诗)

今晚的月亮像爱情

一定是蔷薇和风在说话
窗外,有她的香气
微醺的黑

一定说的是很久远的故事
夜那么长
月亮的杯盏还是空的

你有故事,我必备酒
蔷薇与玫瑰各有各的苦衷
但刺,一样的尖锐

今晚的月亮像爱情
我看它一眼,它薄一点
直到把它看丢了

我要把我和盘托出

忘记凝视与诉说，已经很久很久
今晚，我在每一道菜里
都加了颗粒状的糖
我用它们，烹制渐老的情话
让彼此变甜

想哭一会儿。我已经很久没有哭了
在人生风雨来袭的时候
我靠紧你的胸膛
像靠紧一座堆满食材的山
连哭，都没有后顾之忧

你要活得自由，我要活得浪漫
我们像凹凸的山水，相向的舟船
那么不同，却紧密的
关联与互补

生活递过来一张白纸
我们一起在上面涂涂抹抹
你画的是物质，我画的是精神
我们至今不知道
物质与精神，哪一个更重要

今晚，每一道菜里都盛满
我从未表达过的甜言和蜜语
少女的冷拼，少妇的热炒，中年的清汤
它们千娇百媚，等着我
向你，和盘托出

我允许你找到我

如果夜太浅，这萤火之光
无法燃烧心中的诗情
无法让笔，在纸上
擦出火花、烈焰和闪电

如果夜太深，比枯井还深的夜
我允许：你找到我
哦，别忘了
你的手里，一定要捧一首诗

那是我的，一束光
把我重新点亮。我也允许你
从头到脚地审视我，无论
我显得多么害怕和窘迫

你可以，把我当成你的泪腺
倾盆涌出。只要能够被你拥有

哭上千年又能何妨
迟来的爱,死去活来是被允许的

蔷薇花

抽象,沿着栅栏迷惑
一条长长的手臂
揽着那么多的花语
这是虚拟过的一段情感
她替我掩饰过什么

五月下过不止一场雨
有一首单曲在循环播放
这条路被蔷薇熏香
没有任何一种思念时过境迁
我不否认打伞是出于誓言的需要

热疾过后
一些香气开始干涸
送信的人来了又走
昙花一现的爱情在废墟上重构
那些霉味,根本逃脱不了干系

胡权权

喜　鹊(组诗)

在乡间公路上

我们在乡间的公路上开一辆小车
我们轻装上阵,打开窗玻璃,风呼啦啦吹进来
公路两旁的树木一棵一棵向后退去
它们像两队保驾的卫兵

转过一片麦地,巨大的方阵随风起伏巨大的呼唤
转过一片油菜,油菜花已经怀上了菜籽
转过一片鱼塘,清澈的水面波光粼粼
转过一个村庄,远处隐约出现另一个村庄

我们漫无目的地在乡间公路上开车
我们要熟悉这里的水土,哪怕一草一木
我们是这里的主人,就像夜郎国的国王和王后
我们在检阅自己草木的人民

有鸟儿从空中飞来,你总是欣喜不已
像是快递员捎来了远方的家书
而我,只关心天空里飘过的白云
因为白云下面,有我们可以相亲相爱的属地

周　末

花朵盛开的五月,她怒放的胸部
快要撑开薄薄的衣衫

走过廊桥,谁在木柱上画了一只眼睛
一开始她还会情不自禁地低下头去

还能听见流水的声音,缓慢,宁静
让他想到了月光洒在大地

更多的时候,他们坐在河边
并肩的倒影里,一群小鱼游来游去

炊烟缭绕的树梢还缭绕喜鹊

放下帘子,再收起
一个上午他反复了好几次

他把窗户当做自己的眼睛，让它眨一眨
再眨一眨
他在房间里来回走动
然后向窗外看，他看见
炊烟缭绕的树梢，还缭绕喜鹊

喜　欢

一个人的时候
她喜欢数数
天上的星星，远处的树木
飞过的鸟雀
有时，她会抓起一把红豆
放在桌上数
数着数着，她把一粒粒红豆摆排成
一个人的名字
有时，她会故意把它们摆放得东倒西歪的样子
仿佛他的身体
醉倒在她怀里

蓝 紫

七夕:两情若是久长时

1

犹记多年前的春日,临水客栈中
你附在耳边的气息
像一簇红色火焰,散发迷妄的香气
此后,关于月亮的梦幻
变成爱的咒符
亲爱的,在你之前,我的内心
是座空城,之后,你成为唯一的居民

2

想你,我在大街上迷了路
昨天经过西门街时,听见 QQ 音乐里
弹奏手风琴的人,把爱比喻为
四月的朝露,随后痛哭不已
亲爱的,离别之后
思念让人辗转难眠,并且疾病缠身
窗台上的凤仙已先于我死于心碎

3

为此我借助酒精
点燃沸腾的欲望,带我回到
那个春日午后,我们相互拥抱
以亲吻收割燃烧的肉体
我的心又开始迷失
亲爱的,你有没有看到
她遗落的玫瑰花骸?

4

你把她带入七月芳香的困境
月圆之夜,太仓上空一片澄明
望月的人
睁着疲倦的眼睛
亲爱的,听见窗棂外的风声吗?那是
泪流满面的望月人
发出的浅唱低吟

5

在你远去的背影里我窥见
落寞的风景
在面前的镜子中,我看见
一颗心在慢慢枯萎

亲爱的,你是我心中致命的暗疾
展开的图景
让我开始一次次不知所终的漫游

6

拉开窗帘时我听见另一种回声
枝头的喜鹊
叽叽喳喳向着今天抒情
沙石上流淌的河水,逆风飞回的鸟
它们终于看见了你
亲爱的,那一片片花瓣多像热烈的舌尖
卷走嘴唇上令人销魂的火焰

7

像古典的琴声
回到弹奏它的琴弦
百合花瓣里偷欢的雨露
正被一只蜜蜂品尝它的暗香
亲爱的,你是我诗行里
带着香气的行吟者
独自拯救了一座颓垣断壁的空无之城

乐　琦

上弦月(外二首)

乌鹊睡去,七夕的前夜
一轮上弦月,守着
爱情准确无误的梦魇
沉重的翅膀
丢失了一枚星辰
照着我,和我的夜航船

水面扬起的羽毛飘进了我的耳朵
如期而至的约会,也许只是一场误会
过去这么多年
没有消解的可能,或者也不愿意
夜航船始终没有靠岸

晕青的乌鹊无意捡起落泪
水在上涨,恐惧连同声音摔在外面
只有风透进来
带着上弦月似开似闭的目光
安详而镇定
在众多乌鹊的梦里

今夜,上弦月缀得很低
只用一个吻的高度
让我记忆想要的温暖
推着,摇着——
我和我的夜航船

红豆山庄

大门紧闭
关着残破的大明江山
清白门墙上,没留下一行诗
GPS 导航无法准确定位眼前的荒草
别克轿车轮胎
飘着 400 年前的草香

冷落的寺院
春寒倒尽,一池凉凉的河水
两株解不开的红豆树
紧紧傍着
树下有人礼拜
磕头像下注,赌一场生死

菩萨双手合十
接过布施,从绛云楼到红豆馆
你坐船来,披着海青衫

赴梦,河水退后
放生的鱼,被困在水里
船无法靠岸

江南多雨,你等待水涨
我躺着看树,貌似枯死的老树
绽出一粒新芽
从旧时衣袖,摸出一叶旧豆荚
想也不想
拨开即一颗红豆

看云台

爬上最高石阶
看云,有几缕枯死的草痕
印在前人足迹上

风有点大
一朵云从我身后
飘过,风擦着头发,石头在燃烧

向前移动一步
还是向后,薄还是厚
这是一个估量值,脚下基本平衡

看云台，看你的眼睛
距离一臂之遥
这是最后一级石阶

杨　华

在太仓想起爱情(外二首)

你小巧的手掌
刚好握住了我粗糙的裸脚
你把地板上的碎趾甲
一粒一粒捡起,像是在捡拾
一段天上人间的爱情

午后阳光正好,在太仓
这古老的爱情发源地
浏河塘的流水也是缓慢的
周围的一切都静了下来
窗外,月季安逸地开着
双飞的大雁,正掠过长空

如果再安静一点就更好了
你的呼吸,就能轻易漫过
我的心跳,就能平复我
慢慢潮红的眼睛,在太仓
在这个美好如初的午后
我把这一切,都当成了爱情

仰望天河的人

七夕的夜晚,我就是
那个仰望天河的人
多么遗憾,我看不清
有多少只鸟在振翅高飞
看不清鹊桥是否在重建

此刻,我宁愿相信
那些传说,都是真的
在这平凡的人间,我相信
牛郎来过,织女来过
我相信,流火的七月
也流传着万劫不复的爱情

在这平凡的人间,我熟悉
每一座山的高度
每一条河的走向,我甚至熟悉
那些鸟类飞翔的姿势
多么遗憾啊,沿着淡淡的月光
我就是看不到,天河的彼岸

夜宿太仓

你醒来,听到她均匀的呼吸
在陆渡宾馆的顶层
你还听到了
关于夏天的消息
窗外,野花正举着
回家的灯盏

此刻,夜依然是静谧的
大河的对岸,万家灯火
世界都在沉睡吧？唯你
看到了陆渡宾馆的上空
群星璀璨,皓月中天

夜将尽,窗外繁华漫天
吴侬软语仿佛是正在举行的
一场盛宴,你醒来
听到她均匀的呼吸
轻轻搅动着午夜的咖啡
这么深的夜,幸福如此简单

明天就是七夕节了
你突然醒来,想鹊桥相聚之夜

她的呼吸不离左右
醉了的空杯,歪倒在月光中
幸福,原来如此简单

图书在版编目(CIP)数据

七夕：四十九行情诗 / 龚璇，李云主编. — 上海：上海文艺出版社，2019

ISBN 978 - 7 - 5321 - 7238 - 2

Ⅰ. ①七… Ⅱ. ①龚… ②李… Ⅲ. ①爱情诗 - 诗集 - 中国 - 当代 Ⅳ. ①I227

中国版本图书馆 CIP 数据核字(2019)第 106696 号

策　　划：陆定峰　韩志敏　顾凯凯　吴振键
责任编辑：徐如麒
封面设计：徐　徐

书　　名：七夕：四十九行情诗
编　　者：龚　璇　李　云主编
出　　版：上海世纪出版集团　上海文艺出版社
地　　址：上海绍兴路 7 号　200020
发　　行：上海文艺出版社发行中心发行
　　　　　上海绍兴路 50 号　200020　www.ewen.co
印　　刷：上海文艺大一印刷有限公司
开　　本：889 × 1194　1/32
印　　张：9.25
插　　页：2
字　　数：207,000
印　　次：2019 年 6 月第 1 版　2019 年 6 月第 1 次印刷
ISBN：978 - 7 - 5321 - 7238 - 2/I · 5768
定　　价　48.00 元